U0420902

唐五代名家词选讲

叶嘉莹 著

图书在版编目（CIP）数据

唐五代名家词选讲／葉嘉瑩著．—北京：北京大学出版社，2007.1

（迦陵讲演集）

ISBN 978-7-301-11455-1

I.清… II.葉… III.词（文学）－文学欣赏－中国－唐代 IV.I207.23

中国版本图书馆 CIP 数据核字（2006）第 157135 号

书　　　名：唐五代名家词选讲
著作责任者：葉嘉瑩 著
责 任 编 辑：徐丹丽
标 准 书 号：ISBN 978-7-301-11455-1
出 版 发 行：北京大学出版社
地　　　址：北京市海淀区成府路 205 号　100871
网　　　址：http://www.pup.cn
电 子 邮 箱：编辑部 wsz@pup.cn　总编室 zpup@pup.cn
电　　　话：邮购部 010-62752015　发行部 010-62750672
　　　　　　出版部 010-62754962　编辑部 010-62752022
版 式 设 计：北京河上图文设计工作室
印　刷　者：三河市北燕印装有限公司
经　销　者：新华书店
　　　　　　650mm×980mm　16 开本　14 印张　148 千字
　　　　　　2007 年 1 月第 1 版　2024 年 11 月第 13 次印刷
定　　　价：42.00 元

目录

唐五代名家词选讲

目录

唐五代名家词选讲

总序

北京大学出版社即将出版我的《迦陵讲演集》七种，要我写一篇序言。这七册书都是依据我在各地讲词之录音所整理出来的讲稿，所以称之为“讲演集”。这七册书的次第是：

1.《唐五代名家词选讲》

2.《北宋名家词选讲》

3.《南宋名家词选讲》

4.《唐宋词十七讲》

5.《清代名家词选讲》

6.《词之美感特质的形成与演进》

7.《迦陵说词讲稿》

前两册书，也就是“唐五代”及“北宋”词的选讲，其主要内容盖大多取自于台湾大安出版社1989年所出版的我的四册一系列的《唐宋名家词赏析》。在此系列的第一册前原有一篇《叙论》，现在也仍放在这两册书的第一册书之前，并无改动。至于第三册《南宋名家词选讲》，则是依据我于2002年冬在南开大学的一次系列讲演的录音由学生整理写成的。当时由于来听讲的同学并没有听过我所讲授的唐五代与北宋词的课，而南宋词则是由前者发展而来的，所以我遂不得不在正式开讲南宋词以前，作了两次对唐五代与北宋词的介绍。这就是目前收在这一册书之前的两篇《叙论》。至于第四册《唐宋词十七讲》，则是我于1987年先后在北京、沈阳及大连三地连续所作的一个系列讲演。当时除了录音外，本来还有录像，但因各地设备不同，录像效果不同，所以其后只出版了录音的整理稿，所用的就是现在的书名。至于录像部分，则目前正由南开大学的中华古典文化研究所在加紧整理中，大概不久就会以光碟的形式面世。在这册书前面，我曾经写过一篇极长的序言，对当时朋友们为了组织这次系列讲座及拍摄录像的种种勤劳辛苦，作了详细的介绍。而且还有当时一直随堂听讲的两位旧辅仁大学的校友——北师大的刘乃和教授及中国历史博物馆的史树青教授，都为此书写了序言，对当时讲课的现场情况和反应也作了相当的介绍。现在这三篇序言也都依然附录在这一册书的前面，读者可以参看。第五册《清代名家词选讲》，其所收录的主要讲录，乃是我于1994年在新加坡所开授的一门课程的录音整理稿。虽然因课时之限制，所讲内容颇为简略，但大体尚有完整之系统可寻。在这一册书前，我也曾写了一篇序言，读者可以参看。第六册《词之美感特质的形成与演进》，是2005年1月我为天津电视台的"名师名课"节目所作的一次系列讲演。这次讲演也作了录像，大概不久的将来也可以做成光碟面世。只不过由于这册录音稿整理出来时，我因为行旅匆匆而没有来得及撰写序言，这一点还要请读者原谅。至于最后的第七册《迦陵说词讲稿》，则是我多年来辗转各地讲学随时被人邀讲的一些录音整理稿。这是在这一系列讲录中内容最为驳杂的一册书。一般说来，我自己对于讲课本来就没有准备讲稿的习惯。这倒还不只是因为我的疏懒的习性，而且也因为我原来抱有一种成见，以为在课堂上的即兴发挥才更能体现诗词中的生生不已的生命力，而如果先写下来再去讲，我以为就未免要死于句下了。只是就临场发挥而言，则一切都要取之于自己平日熟读的记诵，而我的记忆既难免有误，再加之录音有时不够清晰，所以整理出的讲录自不免时有失误之处。何况目前的排字印刷也往往发生错误，而我既是分别在各地不同之时空所作的讲演，因此讲题及内容也往往有重复近似之处。如今要整理编辑为一本书，自然不得不做许多剪裁、改编和校对的工作。不过，从此种杂乱复出的情况，读者大概也可以约略想见我平日各地奔走讲课的情形之一斑了。

关于我一生的流离忧患的生活，以前当2000年台湾桂冠图书公司为我出版一系列廿四册的《叶嘉莹作品集》时，我原曾写过一篇极长的《总序》，而且在其“诗词讲录”一辑的开端也曾为我平生讲课之何以开始有录音及整理的经过做过相当的叙述。目前北京大学出版社所计划出版的，既然也是我的一个系列，性质有相似之处，这两篇序文已收入北京大学出版社即将出版的《迦陵杂文集》中，读者自可参看。

北京大学出版社为我出版的七册《迦陵讲演集》以及北京中华书局即将推出的六册《说诗讲录》两者加起来，我的诗词讲录乃将有十三册之多。作为一个八十三岁的老人，面对着自己已有六十二年讲课之久的这些积累，真是令人不禁感慨系之。我平常很喜欢引用的两句话是："以无生之觉悟做有生之事业，以悲观之心境过乐观之生活。"朋友们也许认为这只是老生常谈，殊不知这实在是我的真实叙述。我是在极端痛苦中曾经亲自把自己的感情杀死过的人，我现在的余生之精神情感之所系，就只剩下了诗词讲授之传承的一个支撑点。大家可能还记得我曾经写过"书生报国成何计，难忘诗骚屈杜魂"的话，其实那不仅是为了"报国"，原来也是为了给自己的生命寻找一个意义。但自己自恨无能，如今面对着这些杂乱荒疏的讲学之成果，不禁深怀惭怍，最后只好引前人的两句话聊以自慰，那就是："余虽不敏，然余诚矣。"

叙 论

一般说来，诗与词在意境上有相似、相通之处，也有相反、不同的地方。王国维在《人间词话》中曾说词“能言诗之所不能言，而不能尽言诗之所能言，诗之境阔，词之言长”。他说词能言诗之所不能言，表达出诗所难以传达的情绪，但也有时不能表达诗所能传达的情意。换句话说，诗有诗的意境，词有词的意境，有的时候诗能表达的，不一定能在词里表达出来，同样地，有时在词里所能表达的，不一定在诗里能表达出来。比较而言，是“诗之境阔，词之言长”，诗里所写的内容、意境更为广阔、更为博大，而词所能传达的意思是“言长”，也就是说有余味。所谓“长”者，就是说有耐人寻思的余味。缪钺先生在《诗词散论·论词》中也曾说：“诗显而词隐，诗直而词婉，诗有时质言而词更多比兴。”为什么诗与词在意境和表达方面会形成这样的差别和不同，我以为其既有形式上的原因，也有写作时语言、环境、背景的原因。我们先说形式上的原因，如果以词跟诗歌相比，特别是与五言古诗相比，二者之间便有很大的不同，像杜甫的《赴奉先县咏怀》《北征》这样的长篇五言古诗，所叙述的内容这样博大、这样质朴，像这种风格和意境，在词中是没法传达的，因为词在性质上本是配乐歌唱的歌词，它有音乐曲调上的限制，从来就不能写出像《赴奉先县咏怀》《北征》这样长篇巨幅而波澜壮阔的作品。另外，在形式上的字句和音律方面，诗一般流行的是五言和七言的句式，通篇是五言或七言，字数是整齐的，押韵的形式都是隔句押韵，即第二、四、六、八句押韵，形式固定。而词的句式则长短不整齐，每句停顿的节奏不尽同。一般说来，诗的停顿，五言诗常是二三或是二二一的节奏，七言诗常是四三或二二三的节奏，像“玉露—凋伤—枫树林，巫山—巫峡—气萧森”。可是在词里，不仅词句的字数是长短不整齐的，而且在停顿节奏方面也有很多不整齐的变化，就算是五字或七字一句的，其停顿也有时不同于五言或七言诗的停顿。即如五言的句子会有一四的停顿或三二的停顿，七言的句子会有三四的或三二二的停顿。当然，词里面也会有与诗相同的停顿。这两种不同的停顿方式有两个名称，凡最后一个停顿的音节是单数的与诗相同的，我们把这样的句式称之为单式；最后一个音节的字数是双数的，则称为双式。总之，词与诗比较，在句式上，词的字数是不整齐的，而且停顿也富于变化。唐五代北宋词的句法与诗还比较相近，而后来长调出现，句式就更多变化了。一般说来，一个词里单式的句子较多，这个调子就比较轻快流利，若又是押平声韵的，则更是如此。而双式句子较多，这个调子则比较曲折、委婉、含蓄。我们试举出两首词来看一看，例如苏东坡《水调歌头》：

明月几时有，把酒问青天，不知天上宫阙，今夕是何年。我欲乘风归去，又恐琼楼玉宇，高处不胜寒。起舞弄清影，何似在人间。　　转朱阁，低绮户，照无眠，不应有恨，何事长向别时圆。人有悲欢离合，月有阴晴圆缺，此事古难全。但愿人长久，千里共婵娟。

再例如周邦彦《解连环》：

怨怀无托。嗟情人断绝，信音辽邈。信妙手、能解连环，似风散雨收，雾轻云薄。燕子楼空，暗尘锁、一床弦索。想移根换叶，尽是旧时，手种红药。　　汀洲渐生杜若。料舟依岸曲，人在天角。漫记得、当日音书，把闲语闲言，待总烧却。水驿春回，望寄我、江南梅萼。拼今生，对花对酒，为伊泪落。

请注意周邦彦词的句式，如将之与苏东坡词相比较，苏词“今夕是何年”“高处不胜寒”“起舞弄清影”“何似在人间”，凡五字句都是二三的停顿，而周词“嗟情人断绝”和“似风散雨收”等句却是一四的停顿，另外如“信妙手、能解连环”

与“暗尘锁、一床弦索”等句，则都是三四的停顿。不仅如此，在周邦彦这首词中，长句中多有一个领字，一个字单独停顿，引起后面一段叙述，如“嗟情人断绝，信音辽邈”，“想移根换叶，尽是旧时，手种红药”，“把闲语闲言，待总烧却”。可见在形式上，词不仅在每句字数方面有长短不同，而且一首词中可以融合单式和双式的句法变化，而诗却只有二三、二二一和四三、二二三的单式停顿，变化少。这样一对比便可知道，词的句法变化多，从而增加了词的委婉曲折的姿质，有利于传达委婉曲折的感情。这当然是最简单的说明。有的人要问，不仅是词里才有不整齐的句子，诗里面也有杂言的形式，也是不整齐的句式，即如汉乐府诗：“上邪，我欲与君相知，长命无绝衰，山无陵，江水为竭，冬雷震震，夏雨雪，天地合，乃敢与君绝。”同词一样是长短不等的句式。有人还说汉乐府和词一样都是可以配乐歌唱的诗歌，两者相似，其间有没有什么密切的关系呢？我以为，乐府诗是先有歌词后配乐曲的，而词则是先有曲调而后按照曲调填写歌词的，乐府的长短句是完全自由的，而词则是完全不自由的，二者虽外表形式很相似，而完全自由写作的乐府诗和按曲填写的歌词是有很大区别的，而且所配的音乐也是不同的。也有人说南北朝间有的歌曲，如梁武帝的《江南弄》以及沈约的《江南弄》也是有曲调然后配词的，其实，当时的配乐和词的配乐也是不同的，词所配的曲不是以前的乐府诗所配的乐曲，它的乐曲是隋唐间出现的一种新乐曲。当时流行的有三种乐曲，一种是中原地区一直流传下来的雅乐，一种是南北朝以来的所谓清乐，还有一种是隋唐间出现的新的乐曲——燕乐。燕乐是曾受西域龟兹音乐影响的一种音乐，是西域音乐和中原音乐相融合而形成的一种新乐。本来隋唐之间民间就有这种乐曲流行，清光绪年间在敦煌发现的曲子词就可以证明它当时是非常流行的。然而这些曲子词是晚清时才发现的，虽幸而保留下来，但过去很久却并不为人们所知，而流传下来的最早的词集则是《花间集》。《花间集》是五代后蜀赵崇祚所编。由于敦煌曲子词这种民间词曲没有很好地以文字形式流传下来，所以《花间集》这本最早的词集对以后中国词这一文学体式的风格和形式产生了很大的影响。而尤其应该引起大家注意的是《花间集》编选的目的，它所收辑的词是什么性质的词，这对后世同样有很深的影响。《花间集》编纂的目的，在欧阳炯为它写的《序》中曾有所言及，原来这本集子中所收辑的乃是当时诗人文士为流行歌曲所写的曲子词，是配乐歌唱的歌词。五代时的文人诗客喜欢当时乐曲的清新的调子，但又觉得其曲词不够典雅，所以他们便自己插手于曲词的写作，故而《花间集》的作者说他们的作品是“诗客曲子词”，是文人、诗人、士大夫为这一新兴的歌曲填写的歌词，有别于民间的曲子词。欧阳炯在《花间集序》中记述了他们写作和歌唱这些曲子词的背景，他写道：“则有绮筵公子，绣幌佳人，递叶叶之花笺，文抽丽锦；举纤纤之玉指，拍案香檀。不无清绝之词，用助娇娆之态。”它们是在花笺上写的曲词，是交给美丽的歌女，让她们敲着檀板的节拍去歌唱的，以典雅的歌词去增加那酒筵歌席间歌女的美丽的姿态。“庶使西园英哲，用资羽盖之欢；南国婵娟，休唱莲舟之引。”他说我希望这些歌词能增加像西园那种地方的才学之士乘车游园时的欢乐(“西园英哲”“羽盖之欢”是用曹植《公宴》的诗句“清夜游西园，飞盖相追随”，是写饮宴的文士们的游园聚会之诗），使南国的佳人不再唱那莲舟之曲的通俗的歌词，而有更美丽的歌词供她们演唱。这样的歌词只是歌筵酒席之间供才子诗人消遣、歌伎舞女表演的，所以内容宽泛柔靡，没有什么有价值、有意义的思想和情感存在其间。然而中国后来所称述的具有诗所不能传达的深远幽微的意境的词，却正是由这样一些内容空泛柔靡的词所演变而来的。下面我所要讲的温、韦、冯、李这四位晚唐五代的词人的作品，便恰好表现了词的形式如何由空泛柔靡这种歌筵酒席之间的歌词，而变成了能传达最幽微最隐约最深情的心灵感情品格的意境的文学形式的一种过程。（关于词的起源可参看拙著《论词之起源》一文，收于《唐宋词名家论集》。）

如前面所说，词原是歌筵酒席间演唱的歌词，然而后人却又往往从这种歌词中看到了比兴寄托的深意，关于此一问题，我以前写过《常州词派比兴寄托之说的新检讨》一文。清代常州词人张惠言和周济都曾指出词是有比兴寄托的，意内而言外。然而他们的解释却也都有偏颇疏误的地方，我那篇文章对此有较详细的评析，可以参考（此文已收入《迦陵论词丛稿》）。常州词派张惠言推尊温庭筠，说他的一些作品可以比美屈子《离骚》，王国维不赞成张惠言这种比兴寄托的说法，我的老师顾随以及我本人也不赞成。王国维在《人间词话》中就曾说：“飞卿《菩萨蛮》、永叔《蝶恋花》、子瞻《卜算子》皆兴到之作，有何命意？皆被皋文深文罗织。”张惠言说温庭筠的词可比美于屈子《离骚》，欧阳修的词反映了北宋初年政治上的党争，每句词都有深刻的含意，王国维反对张惠言的这种比兴寄托的说法，可王国维自己的词里却也有许多比兴寄托。而且王国维虽然不同意张惠言的观点，但是他在《人间词话》中却也曾以三首小词比喻古今成大事业大学问的三种境界，说“昨夜西风凋碧树，独上高楼，望尽天涯路”（晏殊《蝶恋花》词）为第一种境界，“衣带渐宽终不悔，为伊消得人憔悴”（柳永《凤栖梧》词）为第二种境界，“众里寻他千百度，蓦然回首，那人却在、灯火阑珊处”（辛弃疾《青玉案》词）为第三种境界。如果他认为张惠言说温庭筠和欧阳修等人的小词有比兴寄托是深文罗织，而他自己却又把晏殊、柳永、辛弃疾的三首小词说成是成大事业大学问的三种境界，对他的这种说法又该如何看待呢？这就需要我们先将什么叫比兴寄托解释清楚。比兴寄托有广义的解释，也有狭义的解释，有字面的解释，也有引申的解释，有就作者方面而言的说法，也有就读者方面而言的说法，我们可以从不同的角度分析这个问题。而对词这种形式，不论是张惠言还是王国维，为什么他们在写作词的时候，在欣赏和解说别人的词作的时候，都容易发生这种现象？而且张、王两人虽然同样是把原来的词句附加上了他们自己理解的内容，可是他们附加这些内容的时候使用的阐述方式又有什么不相同的地方？我们现在简单地谈一下这个问题。先讲“比”“兴”二字。词天生有这一特质，容易把作者引向比兴寄托的路子，也容易引起读者比兴寄托的联想。本来“比”“兴”二字是写诗的两种作法，如果换一种较新的说法，我以为比兴就是指心与物相结合的两种基本关系，“兴”是见物起兴，是由物及心。见物起兴是说你看到一个物象，引起你内心的一种感发，以《诗经》来说，“关关雎鸠，在河之洲”是外在的物象，所谓“物象”是眼睛所能看见的，耳朵所能听见的，凡是感官所能感受的统称物象。这在中国诗歌中有很久远的传统。即如《诗品·序》中就曾说：“气之动物，物之感人，故摇荡性情，形诸舞咏。”又说：“若乃春风春鸟，秋月秋蝉，夏云暑雨，冬月祁寒，斯四候之感诸诗者也。”陆机的《文赋》也曾说“悲落叶于劲秋，喜柔条于芳春”，都是说你看到外界的景物后引起了你内心的感发，是由物及心的物与心的关系，这就是所谓的“兴”。李后主《乌夜啼》：“林花谢了春红，太匆匆。无奈朝来寒雨晚来风。　　胭脂泪，相留醉，几时重？自是人生长恨水常东。”这种由于看到“林花谢了春红”而引起的感发就属于此类。什么叫“比”呢？“比”是以此例彼，是说你内心中有一种情意，要借助于外在的物象来传达，因为诗歌这种美文，如果只讲抽象的概念中的情意，便不易引起读者直接的感动，所以常要把抽象概念的情意与具体的物象联系起来，才能引起读者的感发。由心及物的例证如《诗经·硕鼠》：“硕鼠、硕鼠，无食我黍。三岁贯女，莫我肯顾。逝将去女，适彼乐土。乐土、乐土，爰得我所。”是用一只吃粮食的大老鼠来比喻剥削者，这是他心中先有一个剥削者的概念，然后用硕鼠这一形象来表现的，是先有内心的情意然后找形象来比喻，是由心及物的心与物的关系，这就是所谓“比”。秦观的“欲见回肠，断尽金炉小篆香”（《减字木兰花》“天涯旧恨”），说你要看到我内心中那千回百转的情意，就如同像篆字般曲折的小篆香一样，寸寸燃尽，以此形容他回肠的寸断。这也是“比”，是先有其回肠的情绪而后以小篆香来作比喻的。所以一般说来，比兴就是表达情意的两种基本方式，或者是由物及心，或者是由心及物。这是对“比兴”最简单的解释。不过，“兴”的情况比较复杂，因为“兴”只是纯粹直接的感发，并没有明显的理性的衡量和比较，所以有时是正面的感发，有时是反面的感发，而且同样的物象可以引起不同的感发，所以“兴”这种感发的范围是非常自由的，不是理性所能够完全掌握的。相对而言，“比”是比较有理性的。总之，“比”与“兴”基本上原该是指诗歌创作中“心”与“物”相交感时的两种方式和作用，但是汉儒却对“比兴”有了另一种解释，说“比”是“见今之失，不敢斥言，取比类以言之”，而“兴”则是“见今之美，嫌于媚谀，取善事以喻劝之”（《周礼·春官·大师》郑注）。不过，这种说法并不完全可信，因为从《诗经》的作品分析，用兴的方法写的对象不一定都是美的，用比的方法写的对象也不一定都是恶的，总而言之，在中国文学批评的传统上，“比兴”就开始有了另外的意思，就是“言在此意在彼”的一种美刺托喻的意思。这以后，在诗歌创作中说到“比兴”就再难只以单纯的心物交感的比兴来衡量，而有了一种言外之意可以追寻体会的意思了。张惠言讲温庭筠的小词“照花前后镜，花面交相映”，他说这两句词有《离骚》“初服”之意，因为《离骚》中曾有“退将复修吾之初服”的句子，意思是要保持自己本身的芳洁美好。屈原的《离骚》确实是以美人芳草为托喻来表现他对国家朝廷的忠爱之心的。温词有没有这一含义呢？张惠言以为它有，就因为温飞卿写了“照花前后镜，花面交相映。新贴绣罗襦，双双金鹧鸪”四句词，其实温飞卿这首小词所表示的只是一个女子的芳洁好修，要使自己的容貌和衣饰都是最美好的，而张惠言就从这芳洁的衣饰联想到了屈子的“初服”，正是衣饰和初服的关系，引起了这种联想。张惠言讲欧阳修的“庭院深深深几许”一首词，说“庭院深深”是《离骚》中的“闺中既以邃远”的意思，是如同屈原所感慨的楚王不能听信他的忠谏的意思。张惠言为什么会得出这些引申，因为欧词的“庭院深深深几许”不是邃远之意吗？张惠言是以字面相接近从而产生出寄托的联想的。可是王国维说“昨夜西风凋碧树，独上高楼，望尽天涯路”，是成大事业大学问的第一种境界，这就不是只以字面的相似而加以比兴的解说了，而是从这句词的意境中所包含的感发作用来解说的。而且张惠言一定要指说作者有如此这般的用心，这样的论证显得狭隘、拘执、勉强，难以引起读者的同感，这是王国维等人不能同意他的这种观点的原因之一。而王国维是从感发出发的，并且不拘执地指为作者的用心。即如他在讲了上述成大事业大学问的三种境界后，就又说“然遽以此意解释诸词，恐为晏、欧诸公所不许也”。这是王国维非常开明的地方，他说是这几句词引起了我的这种感发和联想，但要说作者一定有这样的意思，恐怕晏殊和欧阳修都不会同意。所以若将张惠言和王国维作对比，我们就可以看出，诗歌的创作者可以有比兴的作法，而读者读词和说词，也可以有读者自己的感发和联想，而且读者的感发和联想，又可以分为比的阐述和兴的阐述两种不同的方式。张惠言的解释近于比的阐述，王国维的解释则近于兴的阐述。

第一章 论温庭筠词

第一讲

论温庭筠词之一

现在我们要回过头来讲，为什么本来在歌筵酒席间并无严肃深刻之思想情意的歌词后来会引起人们比兴寄托的联想呢？温、韦、冯、李这四位词人的作品正代表着词这个文学形式第一阶段的演变，即歌筵酒席间空泛柔靡的歌词是怎样转变为可以传达隐约深微的情意的，可以引起人比兴寄托之联想的作品的。

第一位重要的作者是温庭筠（字飞卿），先看他的两首《菩萨蛮》：

小山重叠金明灭，鬓云欲度香腮雪。懒起画蛾眉，弄妆梳洗迟。　照花前后镜，花面交相映。新贴绣罗襦，双双金鹧鸪。

水精帘里颇黎枕，暖香惹梦鸳鸯锦。江上柳如烟，雁飞残月天。　藕丝秋色浅，人胜参差剪。双鬓隔香红，玉钗头上风。

对于温词的评价，有两个极端的现象。像常州词派就非常推尊温词，比之于屈子的《离骚》，也有的人则非常贬低温词，《栩庄漫记》的作者李冰若就说温飞卿词“浪费丽字”，“扞格”“晦涩”（请参看《迦陵论词丛稿》），王国维也认为温词仅是精丽而已，没有张惠言所谓的托喻。我认为造成对温词评价如此悬殊的原因是因为他的词中表现的意境有一种特质，也就是文学艺术传达手法上的几点特质。温词有几点特色，一是标举精美的名物，“小山重叠金明灭”“水精帘里颇黎枕”都属此类，而在所标举的精美名物之间又不作仔细明白的主观上的叙写，这样就使人觉得它不连贯，难以引起直接的理解和感发，不像韦庄的词“四月十七，正是去年今日，别君时”之作直接的说明，然而温飞卿词使人推尊却也正由于此。我们刚才说，诗的写作有比兴两种方法，比兴是心与物之间结合的两种关系。司马迁《史记·屈贾列传》说屈原“其志洁，故其称物芳”，屈原的内心是芳洁美好的，所以他称颂的事物也是芳洁美好的。作者从志洁到物芳的联想是很自然的，而读者则可反过来由物芳联想到志洁，这同样是极自然的。所以温飞卿标举那些精美的名物，并未作详细的叙述，可是读者却自然地从这些精美的名物联想到了作者精微美好的思想感情，这正是温词的一种特色，也正是后来常州派词人推尊它的一项原因，这是第一点。再者飞卿词标举精美的名物是感性的呈现而非理性的说明。“小山重叠金明灭”，第一个问题是“小山”何所指的问题。如果说这一小山是屋外自然界中存在的山水之小山，那么就与这首词后面陈述的情事不相连贯，是自然界的小山又怎么会有明灭的金色呢？又怎么和下句的“鬓云欲度香腮雪”连接起来呢？那么“小山”究竟所指为何物呢？在欣赏诗词时，读者虽然可以有自己的联想，但不可以胡思乱想。在闺阁中可以称作“小山”的东西，从中国传统和温飞卿所生活之时代的习惯来观察有这样几种可能：第一种可能是山眉。韦庄的一首《荷叶杯》写有“一双愁黛远山眉”的句子，“远山”是美人眉毛的形状，“黛”是眉毛的颜色，“愁”是那女子眉毛的表情。因此有人把“小山重叠金明灭”中的“小山”看作是山眉。第二种可能是山枕。《花间集》中有顾夐的好几首《甘州子》词，他说“山枕上，几点泪痕新”，又说“山枕上，私语口脂香”，古代的枕头是硬的，中部凹下，两端凸起，故曰山枕。第三种可能是山屏，即折叠的屏风，高低起伏像山的形状。温飞卿另一首《菩萨蛮》有这样一句：“无言匀睡脸，枕上屏山掩。”所以也可以是山屏。最近有人提出第四种可能，认为是古代女子头上用于装饰的像小山的样子的插梳，但我并没有在晚唐五代词人作品中找到以小山形容插梳的例证，而前三种可能则是唐宋词人常用的术语。一般人认为山眉和山枕的可能性大，因为紧接着的一句是“鬓云欲度香腮雪”，是女子面部的特写，是说她的头发要拂过她的面颊，而“山眉”与香雪比较接近。但我以为不是山眉，原因是词中说“小山重叠金明灭”，女子的眉毛一般不用金色装饰，所以眉毛上不应有金色明灭的隐现，而且山眉怎会“重叠”呢？！我还有一个道理证明它不是山眉，因为这首词下面还有“懒起画蛾眉，弄妆梳洗迟”的句子，在这里又写“蛾眉”，温飞卿是不会有这种重复的。我也以为并不是山枕，因为古人的枕头是不会重叠的。我的意见应该是山屏，不过也有人认为那放在门口的屏风不是离“鬓云欲度香腮雪”太远了吗？这是以现代的习惯衡量古代，古人的床前枕畔有一个很小的屏风，只遮面部，像温词中的“无言匀睡脸，枕上屏山掩”（《菩萨蛮》“南园满地堆轻絮”）以及“鸳枕映屏山。月明三五夜，对芳颜”（《南歌子》“扑蕊添黄子”）可以为证。所以我以为“小山”应是山屏。飞卿所写的是感情的呈现，不是理性的说明，他为什么不说“屏山重叠”“山屏重叠”，而只说“小山”不加“屏”字呢？那自然是因为“小山”的形象可以予人一种直感的印象，所以予读者直接的美感，乃是温词的一点重要特色，而且温词所予读者的还不仅是美感，温飞卿这首词还传达了他的观察和感受的细微。我们看一首诗或词，绝不能只断章取义地去考察其中的一句，而要看它整篇的结合，每一句和每一句之间相互的作用，所以他下边说“鬓云欲度香腮雪”。请注意这里用的是“鬓云”而不是“云鬓”，其间的差异是很大的。如果说“云鬓”，“云”字起形容的作用，“云鬓”是说她那像乌云一般的鬓发。可是说“鬓云”则是感性的说法，不是理性的说明，鬓云者，那头发的乌云也。再看下边的“香腮雪”，“雪白的香腮”，那样讲太庸俗、平凡，而那“香腮上的白雪”，就加了一个曲折。而且“山”“云”“雪”都是大自然界的景象，感性上品质相近。这是温飞卿的特色，他从“小山”开始就标举了感受上的特质，而不是理性的说明。而用得更好的两个字是“鬓云”和“香腮雪”之间的“欲度”。所谓“欲度”者，是正在进行，是鬓云在香腮雪上滑过。把这两句结合起来讲就更好了，是说一个女子在闺房的睡眠之中，当早晨的日光照在重叠的屏风上，那光影的闪动惊醒了她，就在她似醒非醒将醒未醒的时候，她的头那么轻微地一动，而长长的鬓发像乌云飘过一样横过她那白皙的脸庞，这一景象不是很美的吗？！“小山重叠金明灭，鬓云欲度香腮雪”，假如我们换一个字，写作“欲掩”，太死板了，所以说这一“度”字是用得相当成功的。

下面两句是：“懒起画蛾眉，弄妆梳洗迟。”我刚才讲了温飞卿词的第一个特色——标举精美的名物，作感性的呈现，而不作肤浅的理性的说明。现在我们要讲温词的第二点特色，就是与托喻之作的传统有暗合之处。温词之所以给读者以深远的联想，也就是这一缘故。我之所以要说有“暗合之处”，而不说有“相合之处”，是因为“暗合”者，是说他写词时未必真有托喻的想法，但是却能引起读者托喻的联想，妙就妙在这一点。清代常州词派的词人谭献就曾说：“作者之用心未必然，而读者之用心何必不然。”那么温词与哪一类托喻之作、哪一种传统有暗合之处呢？西方文学评论界常讲文学中有一种基型（archetype），这种基型，东方与西方也有暗合之处，即如屈原的《离骚》在中国文学中就形成了一种远游追寻的基型，不用西方的术语，用中国话来说，就是中国文学有一些传统，像屈原的“路曼曼其修远兮，吾将上下而求索”，鲁迅曾将此句写于《彷徨》的扉页，这种追寻的传统在中国古典文学中是很常见的。中国古典文学中还有另一种传统，即悲秋的传统，杜甫的诗就曾说：“摇落深知宋玉悲，风流儒雅亦吾师。怅望千秋一洒泪，萧条异代不同时。”（《咏怀古迹五首》其二）然而这些传统都不是我们今天所要讲的，我们现在要讲到的是美人香草的传统。温词说“懒起画蛾眉，弄妆梳洗迟”，无疑表明所写的是一个女子。屈原《离骚》曾说“众女嫉予之蛾眉兮，谣诼谓予以善淫”，以蛾眉作为美女的代表，而后来的文学作品更把蛾眉引申成才志之士的托喻的传统，唐人朱庆馀《近试上张籍水部》诗：“洞房昨夜停红烛，待晓堂前拜舅姑。妆罢低声问夫婿，画眉深浅入时无?”从题目上看可以知道他的真意是要问自己的答卷合不合这些考官的标准，而却以画眉为托喻来叙写。李商隐也写过“八岁偷照镜，长眉已能画”（《无题》），也是以女子来自喻。女子的画眉是一种修饰和爱好，是比美于才志之士的才志的美好，女子的容貌之美可以比美于士人的才志之美。因为在中国旧的伦理道德中有所谓“三纲五常”，在夫妻的位置上来讲，“夫为妻纲”，女子没有独立的价值和人格，依附于男子，只有取悦于男子，其生命才有价值和意义。她是被人选择的，或是被人遗弃的，一切主动都不在她。在夫妻的伦理关系中，男子是“男子汉大丈夫”，但换一个位置，到了君臣的伦理关系中，他就变成了“臣妾”，他的生命的价值和意义也就在于有没有一个好的主子赏识他，他的被选择、被遗弃、被任用、被贬斥，也是主动在他人的。所以中国很早不但有美人芳草的传统，而且有怨女思妇的传统。《诗经》中的怨妇之作基本上还是写实的，还没有什么托喻的意思，屈原所写的美人则大多是有托喻的了。很明显的写怨女思妇而有寄托的，不单是《古诗十九首》了，还有曹子建的《七哀》诗："君若清路尘，妾若浊水泥。浮沉各异势，会合何时谐？愿为西南风，长逝入君怀。君怀良不开，贱妾当何依？"则表现得更为鲜明。中国人常说："士为知己者死，女为悦己者容。"画眉是为了给那欣赏自己的人来看，"妆罢低声问夫婿，画眉深浅入时无"？她的画眉是为了讨得主人的欣赏和喜欢。可要是无人欣赏呢？温词之妙就在这里，也就是这一点引起了后来常州派词人那么多的联想。"懒起画蛾眉"，"懒"字在中间有很大的作用。当有人欣赏自己的时候，画眉是为了欣赏自己的那个人，那心情一定是愉快的。当没有人欣赏，画眉又给谁看呢？所以"懒起"二字便暗含有哀怨的情意了。唐诗中杜荀鹤的《春宫怨》有这样两句："早被婵娟误，欲妆临镜慵。""慵"字也有"懒"的意思，是由于没有人真正认识我的美好，所以"欲将临镜慵"，而杜荀鹤的诗是有明显托喻的。所以从屈原的"众女嫉余之蛾眉"到李商隐、杜荀鹤的画眉和妆饰，都有托意，而画眉是要人欣赏的，所以"慵""懒"都表现了那无人欣赏的千回百转的哀怨，不过，虽然慵懒，却毕竟还是画眉梳妆了。原来中国还有一个传统说法是兰生空谷，"不为无人而不芳"，意思是兰花开在人迹不至的山谷中，并不因为无人欣赏而放弃自己的芳香，因为那是它自己原有的美好的本质。"懒起画蛾眉"正表明尽管没人欣赏，但仍要画眉，为的是自己本身的美好。"弄妆梳洗迟"，"弄"字也有很好的意思，宋人张先词有“云破月来花弄影”（《天仙子》“水调数声持酒听”）之句，“弄”字有一种赏玩的含意，把月光中摇曳的花枝很活泼地表现出来了，而且把花也写得有情，好像也在欣赏自己。而“弄妆”呢，则表现女子在弄妆时也有自我欣赏之意。自我欣赏本来是不好的，最糟糕的是自觉不错而本来并不好，这样的人更让人厌烦。但我实在也要说，一个人要认识自己的价值，对美好的资质应该有欣赏，应该从自爱中表现出自信，所以自我欣赏是有两方面意义的。王国维的词：“从今不复梦承恩，且自簪花坐赏镜中人。”（《虞美人》）“承恩”是得到别人的宠爱，这固然好，但我绝不因为无人欣赏而自暴自弃，我自己簪花在镜中欣赏自己。这绝不是那种肤浅的自我欣赏，而是对自己的人格、品德、资质的尊重和爱惜，因为已经认识到自己的价值并不是建立在别人的赏识之上的。因此，“懒起画蛾眉，弄妆梳洗迟”两句，可以说是没人欣赏的寂寞和自己珍重爱惜的两重感情的结合。“迟”字形容无人欣赏，不知为谁化妆的怅惘，同时也包含了自我欣赏的尊重爱惜，“迟”与“懒”两个字完成了这两种感情的结合。下半首“照花前后镜，花面交相映”，是说她不但梳洗、画眉，而且还簪花照镜。“照花前后镜”是对照花的动作非常形象化的叙写，是说那女子为观察鬓侧和脑后的花是否戴好，除前面的妆镜外，更把一镜置于左右及脑后，将形象反映于眼前的另一镜中，使自己得以观察所簪之花是否位置适当。这一句写得极妙，不但写了照花的动作，而且流露出那女子化妆时对自己的珍赏之情。更可注意的是下一句“花面交相映”。唐代诗人崔护的诗“去年今日此门中，人面桃花相映红”（《题都城南庄》），是说人面与桃花一样美丽。李清照有一首小词："卖花担上，买得一枝春欲放……云鬓斜簪，徒要教郎比并看。"（《减字木兰花》）说我买了一枝花戴在头上，故意要让丈夫看一看，是我美丽呢，还是花更美丽。"花面交相映"，"交相"二字用得极好，因为前后镜中的形象是相映相生的。佛经《华严经》论及法界缘起，曾说："犹如众镜相照，众镜之影，见一镜中。如是影中复现众影，一一影中复现众影，即重重现影，成其无尽复无尽也。"所以当照花前后镜时，前面镜中的人面和花是无尽的，后面镜中的人面和花也是无尽的。一篇文学作品的好坏，特别是一首诗歌的优劣，主要在于兴发感动的力量，我们刚才讲温飞卿的词的特色是标举精美的名物，是用直感的呈现，而不是作理性的说明。我们常讲形象思维，诗词中注重比兴，要用形象，但同时诗歌中传达出兴发感动的力量更主要的是用赋的方法。所谓"赋"者，就是直接叙写。叙写的口吻很重要，如果你只堆砌一大堆形象，而没有叙写，那么这些形象都是杂乱的、死板的、不成章法的。把形象结合起来的是叙写的口吻，有许多好的作品的力量，并不在于它有多少美丽的形象，而在于有多少有力量的传达的口吻。我下面要再举两句诗来作说明。杜甫曾有这样两句诗："种竹交加翠，栽桃烂漫红。"（《春日江村五首》其三）"交加""烂漫"，其中表露出了多少充满丰富生命力的感情，杜甫更好的是用了"种""栽"二字，不是说"看竹""赏桃"，别人种下的竹子，栽下的桃树，我去看看这当然也不错，但杜甫不是这样的，杜甫是要自己去"种"，自己去"栽"，不仅如此，他种下的竹子只青翠还不够，还要交加地翠，同样地，栽桃则要是花开烂漫地红。如果你要做一件事情，真正地把你的精神、生命、感情投注进去，这对你来说不是浪费，而是对自己能力和品格的提高。温庭筠的"花面交相映"也同样是倾注进了自己丰富的生命和感情的，不仅形象美好，叙写的口吻也富有充沛的感发的力量。

最后两句"新贴绣罗襦，双双金鹧鸪"，"新贴"两个字，有的本子作"新帖"，"贴"与"帖"可以通用。这句词有两种解释的可能，一种解释是"熨帖"，另一种解释是"贴绣"（把一种绣花贴在衣服上），这两种解释在唐宋人的诗词中都常被使用。"熨帖"的解释可引唐人王建的七言绝句"熨帖朝衣抛战袍"（《田侍郎归镇》）为证，是说一个征战还朝的将军脱去战袍，穿上熨帖的朝服。至于"贴绣"之意，则李清照一首小词曾有句云"翠贴莲蓬小"（《南歌子》"天上星河转"），又说"旧时天气旧时衣"，是指她衣服上绣贴的花样。在温飞卿的这首词中"新贴绣罗襦"，两个意思都可以讲得通，这个女子起床、梳洗、画眉、簪花、照镜，一步步写到穿衣，穿的是有贴绣花样的，或是刚刚烫平的最好的衣服。罗是很好的质料，"绣罗襦"表明上面还绣有花纹，再加上刚刚熨平则更是好上加好。这种写法正像《老残游记》中写王小玉说书是"初看傲来峰削壁千仞，以为上与天通；乃至翻到傲来峰顶，才见扇子崖更在傲来峰上"，从起床到穿衣的描写是层层上升的。至于绣罗襦上新贴的花样，则是一对对的金鹧鸪。"双双金鹧鸪"，也有暗示和含意，反衬自己的孤独和寂寞，虽然通篇都未曾提到过这点，但却在结尾之处用反衬的笔法将这种情绪点明，提出了人还不如绣罗襦上的金鹧鸪可以成双成对的暗示。

第二讲

论温庭筠词之二

下面我们再讲温庭筠的另一首《菩萨蛮》：

水精帘里颇黎枕，暖香惹梦鸳鸯锦。江上柳如烟，雁飞残月天。　藕丝秋色浅，人胜参差剪。双鬓隔香红，玉钗头上风。

“水精帘里颇黎枕，暖香惹梦鸳鸯锦”，仍表现了前面所讲的温词的两点特色，他标举了精美的名物，像“水精帘”“颇黎枕”“鸳鸯锦”，而且给人一种参差错落的美感。换头的“藕丝秋色浅，人胜参差剪”，接连用了几个舌尖和齿头发音的字，则又从声调中传达出一种美感。还有一点值得注意的是，第一句中“水精”“颇黎”一般给人的感觉是冰冷的、坚硬的，而他马上承接的“暖香惹梦鸳鸯锦”，则是温暖的、柔软的，这是一个鲜明的对比。而同时在前两句和三、四句之间又有另外一种对比，一、二句是闺房中室内的景色，而“江上柳如烟，雁飞残月天”是室外江上的景色，现在我们着重要讲的就是温词的第三点特色：突然地跳接。温飞卿另几首《菩萨蛮》词也有这样的写法，如“翠翘金缕双鸂鶒，水纹细起春池碧”和“凤凰相对盘金缕，牡丹一夜经微雨”，都是从女子头上的装饰跳接到大自然的景物花草。温飞卿的特色就正在于他不曾清楚地告诉你是什么。例如他还有“宝函钿雀金鸂鶒，沉香阁上吴山碧”的句子，“函”即枕函，古代的枕函材料都是硬的，而且内部空心，故而名曰“函”。“宝函”也者，是说这个枕函上有金玉螺钿的装饰，“钿雀”接在“宝函”之后，很可能是说“枕函”上用螺钿镶嵌出雀鸟的形状，再加上“金鸂鶒”，给人一种宝函上既有钿雀又有金鸂鶒的印象。这实在有些繁复，在标举名物时显得没有层次，当然，这只是一种可能。还有另一种可能就是“金鸂鶒”不是在宝函上的装饰，而是香炉。后蜀词人顾夐有词云：“绣帏香断金鸂鶒”（《河传》），说在那美丽的绣花的帏幕之后，金鸂鶒中焚的香已经燃尽。所以金鸂鶒明显地是指香炉。中国古代香炉以铜做成，一般有两种形状：

一种是兽形，李清照的词“香冷金猊”(《凤凰台上忆吹箫》)可以为证；另外一种是鸟形，有人谓之为“金鸭”，飞卿这词中的“金鸂鶒”便是一种鸟状的香炉。而后面一句他所写的“沉香阁上吴山碧”，沉香阁也有两种可能，一种便是楼阁的“阁”，就如同那唐玄宗陪杨贵妃赏牡丹花的沉香亭一样，又或是像《开元天宝遗事》中所记述的杨国忠“用沉香为阁”，同是建筑中的亭阁；另一种“阁”则并非建筑，而是一种旋转东西的格架。“沉香阁上吴山碧”，如果以沉香阁为楼阁之类的建筑而言，就是说你站在沉香阁上远眺外面青碧色的吴山，这是一种解释；而若以沉香阁是室内精美的格架之类的家具而言，则“吴山碧”便是在此格架上用以装饰的山水图样。接下来，温飞卿仍不作理性的解说，却以“杨柳又如丝，驿桥春雨时”这样的室外景色跳接承之，所以有人不喜欢温词，像李冰若《栩庄漫记》就说他的词“浪费丽字”，扞格晦涩。我现在要说明的是宇宙中一切事物，它的优劣长短都可以从两方面来看。不喜温词的人说他“浪费丽字”，扞格晦涩，这是从一个角度看问题。而常州派的词人说他的词有屈骚一类的托喻，说他的十四首《菩萨蛮》是“篇法仿佛《长门赋》，而用节节逆叙”(张惠言《词选》)。说他的一首首之间的连接就如同司马相如给陈皇后写的《长门赋》，而他是将《长门赋》的章法倒过来了，所谓“节节逆叙”是也。这种说法纯粹是深文周纳的猜想。至于张惠言曾经还说“照花四句，《离骚》‘初服’之意”，则还不失一种有依据的联想。刚才我们说了温词引起人们这种联想的特色是因为它叙写的口吻和情意，与托喻的传统有暗合之处，“簪花”“照镜”“画眉”，与中国诗歌中美人思妇之作的传统有一致的地方。唯其叙写的不明白，而且常用突然的跳接，留下许多空白的地方而不连贯，所以就使得读者可以用自己的想象去填补这些空白，给了读者填充和联想的余地，这正是温词之所以使读者会有那么丰富的联想的缘故，也是温词第三点的特色。温词另两首《南歌子》："鬟堕低梳髻，连娟细扫眉。终日两相思。为君憔悴尽，百花时。""手里金鹦鹉，胸前绣凤凰。偷眼暗形相。不如从嫁与，作鸳鸯。"都写男女间相思爱慕之情，这当然是晚唐五代词一般的特色，因为那时的词多是写诗人才子与歌儿舞伎之间的爱情，而这种感情奇妙的一点就是可以引起托喻的联想。而从男女之间相思爱慕的感情引起托喻的联想还不仅是中国诗歌的传统而已，同时这也是西洋文学的传统，不管你爱慕的是什么，是理想、事业、主义或宗教等等，在人世之间最具体、最鲜明、最强烈、最容易引起人们共鸣的还是男女之间的相思爱慕之情，这正是词这种本来只是歌筵酒席之间毫无深远的意义和价值的歌曲后来竟可以引申出这样深广寄托的含意的主要原因。一切爱慕怀思景仰追寻的感情都与这种激情有相似之处。西方文学也有这种传统，所以西方诗歌也往往用男女之情表现宗教的感情，《圣经》中的《雅歌》就都是爱情的诗篇。再加以温词突然跳接的笔法更留下许多空白之处，给了读者很大的联想的余地。这正是温词容易引起人托喻之想的重要缘故。当然五代的艳词有许多都是不给人托喻之想的。举一个例子来看，即如《花间集》中张泌的《浣溪沙》："晚逐香车入凤城，东风斜揭绣帘轻，慢回娇眼笑盈盈。　消息未通何计是，便须佯醉且随行，依稀闻道太狂生。"就并不能给人什么深刻的托意的联想。我一向以为诗歌给人的感发生命有大小、厚薄、深浅、高下之分，这首小词写得何尝没有情趣呢，但是它写得太明白了，就是一个男孩追着一个坐在香车中的女孩子进城，风把车帘吹起来，少女回头时他看到了她姣好的容貌，萍水相逢，无缘认识，只得装醉相随，终被那女子骂作“太狂生”，仅此而已。这自然不可能引起人屈子《离骚》的联想，因为事情都写得很分明，可是温词不明说却与传统暗合，这便是温词的妙处。所以温词要将几个特点结合起来，才能得到人们去把它比附屈骚这样的结果，因为它除空白以外，还结合了托喻的传统。我们接着看“宝函钿雀金鸂鶒”这首词的下半阕：“画楼音信断，芳草江南岸。”画楼上是盼望着远行人的女子，她所盼望的人不但没有回来，甚至连音信都断绝了。芳草又长满江南的岸边，“芳草江南岸”是说当芳草又长满江南的时候，就是代表又一年过去了。结合上半阕的“杨柳又如丝，驿桥春雨时”，我分明记得在驿桥送别的时候，曾经折柳相赠，而今“杨柳又如丝”了，而我在驿桥送别的人却仍未回返，并且是“画楼音信断”。“芳草江南岸”则同时强调了时光的流逝。而与中国诗歌托喻的传统暗合的是后两句“鸾镜与花枝，此情谁得知”，他又提到了“鸾镜”与“花枝”，尽管远行的人再也不回来，尽管杨柳年复一年地绿条披拂，春草年复一年地绿了江南岸，尽管年复一年的音信断绝，但我们仍然用鸾镜和花枝来珍赏自己，用以保持我真诚的、纯洁的、缠绵的、持久的相思怀念的心意，因而就表现了一种忠贞的品质。飞卿词给人联想，就是因为它将几个特点结合起来了。除以上几点特色外，我还要补充说明一点，就是中国的诗词还有另外一个传统，另外一种习惯，就是说你所写的环境背景与你所写的人物的品德、资质、感情要有一种互相映衬的作用。我们举例来说，《古诗十九首》中有好几首写怨女思妇的诗，同样的题材，它所写的主人翁怨女思妇的资质感情是不同的，所以它所写的环境与背景也是不同的。《古诗十九首》的第二首："青青河畔草，郁郁园中柳。盈盈楼上女，皎皎当窗牖。娥娥红粉妆，纤纤出素手"，这个女子是"娥娥红粉妆"，还露出纤纤之玉手，当窗而立，招摇于众目之中，这是哪种类型的女子呢？诗中说是"昔为倡家女，今为荡子妇。荡子行不归，空床难独守"，所写的是一个不甘寂寞的女子的形象。《古诗十九首》又有一首："西北有高楼，上与浮云齐。交疏结绮窗，阿阁三重阶。上有弦歌声，音响一何悲。谁能为此曲，无乃杞梁妻。清商随风发，中曲正徘徊。一弹再三叹，慷慨有余哀。"这是何等委婉！"西北有高楼，上与浮云齐"，你所能听见的只是从高楼中传出的随风飘来的断断续续的音乐之声，她何曾"皎皎当窗牖"？何曾"纤纤出素手"？那上与浮云齐的高楼暗示了一种何等高洁的品德，何等的资质！所以不同的背景、不同的环境显示了不同的人物的不同品德和资质。那么我们再回过头来看温飞卿词中所透露的是怎样一种环境："水精帘里颇黎枕"，水晶和玻璃都是晶莹的、透明的、寒冷的、坚硬的，集中地表现了一种品质。这里，需要我们再发挥一下联想。李太白有一首《玉阶怨》："玉阶生白露，夜久侵罗袜。却下水精帘，玲珑望秋月。"是一首非常好的小诗。李太白常带着我们飞扬起来，他这首《玉阶怨》所写的已超越了玉阶之上女子的那种单纯的对相思之人的怨情，而把这种感情提升了，让我们看到了更高远、更美丽、更晶莹、更玲珑的值得追求的一种美好的境界。而使得这首诗的境界提升起来的，就是因为他所用的“玉阶”“白露”“水精帘”和“玲珑”“秋月”都集中地表现了一种皎洁晶莹的品质，而温词“水精帘里”一句便也表现了一种既皎洁晶莹而又寂寞凄寒的境界。刚才已经说过，温词标举的物象，表面是不通的，其实在这不通之间，这些现象完全有感发的意义和作用。第一句“水精帘里颇黎枕”，有的本子“颇黎”作“珊瑚”，“珊瑚”二字不如“颇黎”好，一是声音平，二是形象不如“颇黎”好，水晶帘的晶莹、透明、坚硬、纯洁，只有玻璃才能与之相称。这一句不只是传达了现实中女子在闺房中挂的水晶帘、睡的玻璃枕，而是通过水晶帘与玻璃枕的晶莹、透明、坚硬、纯洁和寒冷所造成的环境气氛，衬托出那女子所有的孤独寂寞寒冷的感觉和晶莹透明纯洁的品质。而更妙的则在这句与“暖香惹梦鸳鸯锦”相接，外表的孤独和寒冷更突出陪衬了内心之中感情的缠绵热烈，“暖”是何等温馨、温暖的一种感觉，“香”是何等芬芳的一种气息，“惹”是一种何等纤柔缠绵的一种牵萦，而暖香之中所牵惹出的梦境又该是何等的梦境自可想象而知。“鸳鸯锦”，“鸳鸯”是锦上的花样图案，“鸳鸯”所代表的又是最完满、最美好的爱情，“锦”是材料的质地，是丝织品中最精美的品类，所以他说“鸳鸯锦”。但值得注意的是温飞卿并没说是“鸳鸯锦”的什么，是鸳鸯锦的被？是鸳鸯锦的褥？他都没有明说，但那女子相思怀念的感情却都通过这些形象以及连接这些形象的状语和述语传达出来了。其下的“江上柳如烟，雁飞残月天”二句，是温词的跳接，这中间的过渡要让读者去填充，这正是那些死于句下的诗不能引起人的欣赏和感动的缘故。“江上柳如烟”，理性的解释以为可能是梦境，可是这首词在感情的自觉上已经富有美感，感发了我们。帘内的温馨的情谊如斯，帘外凄清的风光如彼，“江上柳如烟，雁飞残月天”，这两句的感发无须理性的解释，就在于这两句的两组形象的对举。还不仅如此，“柳”和“雁”的两个形象，也可以给人许多联想。“柳”常使人联想到离别，相传为李白作的《忆秦娥》词就曾说“年年柳色，灞陵伤别”，而“柳如烟”的朦胧本身就意味着感情的幽微，和“杨柳又如丝，驿桥春雨时”起同样的作用，因此，“江上柳如烟”一句便浸透了离别的情意。至于“雁”，则古人以为可以传达书信，而且飞行时常列队成人字，李清照的《一剪梅》词“云中谁寄锦书来，雁字回时，月满西楼”，也令人怀想到远人。再加以温词的声调:“水精帘里颇黎枕，暖香惹梦鸳鸯锦”两句的韵字都是上声，上声扬起的要眇、遥远的声音效果传达出的梦境之中怀思遥想的感情，这是很难准确地加以说明的，只有靠心灵的感触去体会。而下面的“江上柳如烟，雁飞残月天”两句，末尾又都用了两个一先的韵字，有一种很轻倩而凄清的感觉。所以这首词不仅是形象好，声音也配合得很好。而且不只是上半阕写得好，一首诗歌的生命都是整体的，所以要把下半阕联系起来才更见其好处。

下半阕的“藕丝秋色浅”，藕丝是一种衣料，极言其细、柔、薄、轻，古诗中多有用到“藕丝衫”“藕丝裙”的地方，而温飞卿却又没有明说，只标举了质地的特性。“秋色”是颜色，从大自然来看，当秋风吹来时，自然界的颜色特质是由青转黄，《红楼梦》中凤姐常叫人从衣柜中取这样那样颜色的衣料，其中就有秋香色的，我直觉的感受以为该是一种介乎黄与绿之间的柔和的颜色。我最近看到一种词的选本，它注解“藕丝”是粉红的颜色，我对于这样的解释不大理解，不知其何所据而以为藕丝是颜色，而且还是粉红色。据我的体验，温词不可能把写粉红颜色的“藕丝”和“秋色”混合起来说，所以“藕丝”应是质料，“秋色”才是颜色。藕丝是那般柔软的质料，秋色是那般温柔的色调，而“秋色浅”更是那淡淡的秋色，这句并没有说是藕丝裙抑或是藕丝衫，不管是藕丝的什么，只要是藕丝的材料，只要是秋色的颜色，穿着“藕丝秋色”的不管是衫是裙的人都应该是美丽温柔的人物。“人胜参差剪”，什么叫人胜？《荆楚岁时记》记载：“人胜者，或剪彩，或镂金箔为之，贴于屏风上，亦戴之像人。”中国古代的迷信以春节后正月初数日的天气好坏预测未来一年的生物吉凶，一鸡、二狗、三猪、四羊、五牛、六马、七人，第七天天气好，就预示人口的兴旺平安，故而正月初七被称为人日。每逢人日，闺中女子便把五彩的材料剪成各种花样，做成彩幡，用头簪插在头上，比较谁的最美。“参差”是高低长短不整齐的样子，喻示人胜的花样繁多。而更值得注意的是“人胜参差剪”一句中透露出来的怀人的感情，古人就多在人日写怀人之诗，岑参便写有人日怀杜甫的诗，说“人日题诗寄草堂，遥怜故人思故乡”（《人日寄杜二拾遗》），所以“人日”二字是整首诗透露消息之所在。我们还可以把“人胜”二字与“雁飞残月天”一句联系起来看，隋朝薛道衡有诗句云：“人归落雁后，思发在花前。”（《人日思归》）雁都飞回来了，而人尚未回还，所以这两句透露有怀人的情意。而且“秋色浅”“参差剪”连用了好几个用牙齿和舌尖摩擦而发出的声音，表达了那份委婉曲折铭心刻骨的情念。下面的“双鬓隔香红，玉钗头上风”

二句，“香红”指的本该是花，不过花是理性的说明，飞卿不用“红花”一词而写作“香红”，香是花的气味，红是花的颜色，都是直接的感觉，所以“香红”即是花，而且正是女子头上插戴的花，同“照花前后镜”“鸾镜与花枝”一样，不只是美感的触发，更重要的是与美人芳草之传统的暗合。应该注意的是同样写簪花，却有区别。王国维说：“从今不复梦承恩，且自簪花坐赏镜中人”，写得明白、深切，充满沉痛之感，每字都有每字的分量，而温飞卿只写“照花前后镜”“鸾镜与花枝”和“双鬓隔香红”，连“簪花”的本语都不用。而“双鬓隔香红”则连形象都没说清楚，因为“双鬓隔香红”的“隔”字有两个可能，一个是说双鬓被香红——花在中间隔开，另一个是双鬓的香红隔开在两边。但是无论花是插在中间或两边都不重要，重要的是此处写花是要说明那女子的一片美好的感情。像飞卿这种写法，也并非全无来历。因为在文学史的演进中，必然有其过程和趋势，只不过大的天才比常人先走几步，但一定是以过去的历程为基础的，绝对不会以前是空白，所以阅读作品时一定不可忘记其传统背景。文学的体式是由比较朴素的、平铺直叙的，发展到比较复杂烦琐，比较变化的，这是文学发展的必然趋势。在中晚唐的阶段，诗歌已有了注重直接感受和感性叙写的趋势，李贺的诗“画阑桂树悬秋香，三十六宫土花碧”，“秋香”者桂花也，“土花”者苔藓也，也完全从感性来写，不作理性说明。像李商隐的《锦瑟》诗中间两联四句：“庄生晓梦迷蝴蝶，望帝春心托杜鹃。沧海月明珠有泪，蓝田日暖玉生烟。”一句一个形象，也完全不用理性的说明，这是一个趋势。温飞卿则是以这种方式写词很成功的一个作者。在这种偏重感性的直觉，而不用理性的说明的方式中，有的成功，有的不成功，温飞卿在直感的物象之中完成了传达的作用，并且与文化传统暗合，提供了丰富的托喻的联想，所以他是成功的。末句“玉钗头上风”，听起来似乎不通，其实“风”字是很妙的，如果只说“人胜参差剪”，只说“双鬓隔香红”，那“人胜”和“香红”都是呆板不动的，但加上一个“风”字就有活力了。辛稼轩有首词写过这样两句：“春已归来，看美人头上，袅袅春幡。”辛稼轩是一个很了不起的词人，他能用非常鲜明的形象表现他的感发，草未青，树未绿，花未红，辛稼轩却从立春日里美人头上的幡胜看到了春天的到来，“袅袅春幡”那是飘动的。韦庄有首《浣溪沙》词说“清晓妆成寒食天，柳球斜袅间花钿，卷帘直出画堂前”，是说美人在寒食的春天拂晓妆成，那团团的柳絮斜飞下来袅动于女子头上的花钿之间，她这时已从堂中卷帘走到了堂前。这里后一句可以做温词的注脚。“双鬓隔香红，玉钗头上风”，正暗示了这女子在行动之中，那头上戴的花朵和人胜在春风之中的袅动。

我们以上所讲的都是温飞卿的《菩萨蛮》，其特色也是这些《菩萨蛮》词的特色，尽管温飞卿也写主观叙写的小词，但最能代表飞卿词的特色的还是他的《菩萨蛮》词，然而他的那些主观叙写的小词，也写得很好。温飞卿《菩萨蛮》词的特色与别人的不同，是异中见异，一眼就可看出他与众不同之处，而我们更要注意的是同中见异，是他与别人很相近，而却也仍保有其个人特色的一些作品。

我们现在再看温飞卿的两首《南歌子》：

手里金鹦鹉，胸前绣凤凰。偷眼暗形相。不如从嫁与，作鸳鸯。

鬓堕低梳髻，连娟细扫眉。终日两相思。为君憔悴尽，百花时。

同是写相思之情这一题材，作品中也反映出品质上的很大不同，我们前面曾说到晚唐五代有人写小词“晚逐香车入凤城，东风斜揭绣帘轻”，是写男子追随女子的一件情事，现在飞卿所写的也是男女间的感情，但与之相比，却在品质上有高低厚薄很大的差异。爱情是古今中外共同的题材，可以引申出丰富的托喻和联想，但有的人写爱情则是肤浅的、表面的，不能引起人的托喻和联想。现在撇开有无托喻不论，我们单纯只谈写爱情，感情的品质也有不同。有的感情是肤浅的、轻薄的、鄙俗的，也有的感情是深刻的、严肃的、浓挚的。飞卿的这两首《南歌子》小词在品质上表现得就非常好。品质好的表现方式又有两种：一种是以非常朴实简单的语言写出非常浓挚的感情，如汉乐府的《上邪》一首；另一种则是以精丽之词为之，温飞卿的作品则属于这第二种。所以诗歌的好坏不在于语言的简朴和精丽，而在于传达的品质；不在于是否写男女之间的爱情，而在于表现的品格的高低。温飞卿的这两首小词，“手里金鹦鹉，胸前绣凤凰”，有人说“金鹦鹉”和“绣凤凰”都是那女子绣件上的花样。绣件有大小两类，小的可以拿在手里绣，绣件在竹圈之上，而大的绣件则得用绣架来绷，支在座位之前，所以“手里金鹦鹉”便是手中的小绣件，“胸前绣凤凰”则是座位前的绣架上的大绣件，其位置正当胸前。这种解释固然可通，但是一个女子同时绣两件东西，总觉得有点不大好讲。我想是否应该是手中拿着金鹦鹉花样的小绣件，而胸前衣服上绣的是凤凰。总之无论是哪种解释，所突出的形象是手中持有着“金鹦鹉”这样一个美好珍贵的东西，胸前所有的则是经过精心绣制的凤凰，不管是否正在绣，不管是否绣成，唯有这样的持有和怀存才对得起别人的知赏，才有资格“偷眼暗形相”。这是一个女子对自己的爱惜尊重，是她对于所许身的对象的慎重选择，如果遇到了可以托付、值得给予的人，便“不如从嫁与，作鸳鸯”，鸳鸯者永不分离之伴侣也。这首写爱情的小词中，那品质上的尊贵、美好，以及对选择和托付的重视无不可以引起我们高远的托喻的联想。一个人无论许身于什么，许身于事业、理想、工作，难道不是都应该有这种美好的持有和情存以及投注和许身的感情吗？！

第二首《南歌子》“鬌堕低梳髻，连娟细扫眉”，古代女子头发很长，梳起来结成发结的形式，不同的形式可以表现出不同的身份和感情，例如高髻，就给人一种端庄、严肃的形象，丫髻则给人一种天真烂漫的感觉。而当那女子将那千丝万缕的头发“低梳”成鬌堕髻的时候，那心情一定是委婉纤柔的，“连娟细扫眉”，“连娟”是秀丽的样子，“细扫”与“低梳”起一样的作用，都表现一种柔婉的情致。温飞卿把这女子所有的感情都在这“低梳髻”“细扫眉”之间细微地叙写出来了，具有一种非常尊贵的深厚的情谊。另有宋人一首小词，也写女子的化妆：“脚上鞋儿四寸罗，唇边朱粉一樱多，见人无语但回波。”（秦观《浣溪沙》）这首词除了美丽的外形，就再也没有更深一层的意思了，没有展现出精神的境界，表面看来这首词跟温飞卿词一样，它也写了化妆，也写了妆饰，可是它所表现出的品质却远不及温词。世界上最可贵的是有相知的人，人生得一知己，可以死而无憾。所以在她“低梳髻”“细扫眉”的时候，她都沉浸在“终日两相思”的感情氛围之中，前面写的人事和后面写的感情有如此密切的结合。既是“两相思”，必是异地分离，正如李商隐诗所写的，“身无彩凤双飞翼，心有灵犀一点通”。所以结尾说：“为君憔悴尽，百花时。”在那外界芬芳美好、百花盛开的季节，为一个自己所怀念的人而憔悴。正是春光的明媚增加了她对相思之人的怀念，所以冯正中有句词曾说：“花前失却游春侣，独自寻芳，满目悲凉。”（冯延巳《采桑子》）美丽芬芳的季节景物反衬出那女子的孤独、寂寞、凄凉，更反衬出她“憔悴尽”的容貌，“春心莫共花争发，一寸相思一寸灰”（李商隐《无题》）。温庭筠这一类与《菩萨蛮》风格不同的由主观口吻叙写的小词同样也有很美的品格和境界，这是温词的另外一面。

第三讲

论温庭筠词之三

上次我们已经结束了对温词的讲解，现在要归纳一下要点。值得注意者有二：第一，温词可以使读者产生丰富的有寄托有寓意的联想，从内容方面提升了歌词的境界；第二，在词之发展中，当时温飞卿对新的形式尝试最多，他是在中晚唐以来文士诗人开始插手为流行音乐填写歌词的风气中，大力投注于词之写作的第一位作者。在中晚唐以来的诗人中，像白居易、刘禹锡、张志和所写的《长相思》《渔歌子》《梦江南》之类，在韵律和形式上与七言诗是非常接近的，他们运用的牌调也极少，温飞卿则不然，他是在这些作者之中，使用新的词牌最多的作者，据现在流传下来的晚唐五代词统计，《花间集》收有温词66首，《金奁集》收有63首，不过《金奁集》中的温词有许多首是别人的作品混杂进去的，不全是温飞卿的词，根据近人林大椿先生所编的《唐五代词》统计，温词共有70首，而用过的牌调却有近20种之多。引人注目的是，他的词音节、韵律也富于变化，如其《定西番》："碛南沙上惊雁起，飞雪千里。玉连环，金镞箭，年年征战。""碛南沙上惊雁起"一句的声律是｜－－｜－｜｜，如果在七言诗中，第二个字是平声，第四个字是仄声，那么第六个字则应该是平声，一般都是－－｜｜－－｜，第二、四、六字是比较重要的，要不为什么说"一三五不论，二四六分明"呢。当然这也不是绝对的，其中有的平仄是可以通用的，道理在哪？就因为二四六几个字是节奏停顿的所在，一三五几个字则不是节奏停顿的重要音节，所以比较不重要。按照诗律来讲，这一句的停顿是四三的停顿，而按照平仄来说却是拗句，和下边的四字句、六字句结合在一起，则使形式、平仄的音节、字数的多少都有很多变化。吴梅先生《词学通论》中就曾说"唐至温飞卿，始专力于词"，这不是偶然的。史籍记载温飞卿懂音乐，"能逐弦吹之音，为侧艳之词"，他的词句与诗律不合的拗折之处，正是他重视音乐的声调"逐弦吹之音"而填词的特色。和温飞卿同时代的另一位诗人李商隐，才华横溢，他所写的《无题》诗那样缠绵悱恻，性质与词甚为相近，但却未见李商隐有一首词作流传下来，尽管李商隐当时是知道有词这一文学体式的。其原因我以为有二：一是温飞卿比李商隐懂得音乐；二是在做人的方面，李商隐有比较严肃的一面，而温飞卿比较放浪，这是一点基本的差别。

温飞卿提高了词的境界，使读者产生了可能有比较深远的寄托和寓意的联想，我之所以说“可能”，是说可能有而不必然有。造成对飞卿的词有寄托寓意的联想有三个原因：第一，标举精美名物的物象，从美感上使人产生联想。从志洁可以想到物芳，由物芳可以想到志洁。第二，所写的内容情意与古典文学托喻的传统有暗合之处，“暗合”者不必然有心去托喻者也。第三，不作明白的叙说，只用美丽的名物结合在那里，留下空白，让读者以联想来补充。温飞卿的词虽然有这些原因可以使我们有托喻的联想，但是他的词究竟有没有托喻呢？今天我们就要讨论这个问题。我讲温飞卿词讲得比较详细，是要借温词把理解词、欣赏词的基本常识讲出来。如何判断词中有无寄托，也有三个条件：第一，作者的生平为人；第二，作品产生的环境背景；第三，叙写的口吻。张惠言《词选》以温词比拟于屈骚，把他的“照花前后镜”说成有屈骚“初服”之意，这究竟如何理解呢？我要说温词和屈骚是截然不同的两类情况。屈原的《离骚》肯定是有托喻的，屈原是楚之同姓，所生活的时代，又面临楚国存亡的选择的局势，是亲齐还是亲秦，楚国朝中为此而形成两派，屈原“信而见疑”，不为楚怀王所重用，而怀王又入秦不返，死于秦国。他关心着自己的国家，自然在作品中就倾注了对楚国深厚的忠爱。这是就作者生平为人与写作的环境背景而言。再就叙写的口吻而言，屈原的《离骚》从一开始就是以自叙的口吻写作的，他说："帝高阳之苗裔兮，朕皇考曰伯庸。摄提贞于孟陬兮，惟庚寅吾以降。"还说："彼尧舜之耿介兮，既遵道而得路。何桀纣之猖披兮，夫唯捷径以窘步。"又说："岂余身之惮殃兮，恐皇舆之败绩。"他的叙述是何等的口吻？他述说的是尧舜与桀纣的对比，他说我并不以个人安危为虑，我所担心的是国家的危亡。所以从屈原叙写的口吻上看，他的作品当然是有寄托的含意的。而温飞卿是否有这样的情操志意，是否有这样的环境背景，是否有这样使人直接感动的口吻？要回答这些问题，我仅举屈原的例子还很不够，因为这二者之间相距太远，如果再举一些相近的例证，就可以看出在叙写上有何等的差距。我们举几首专写美人的诗，来看哪些是只写了外表的美丽，又有哪些是表现了托喻的含意的。曹植的《杂诗六首》之一说："南国有佳人，容颜若桃李……时俗薄朱颜，谁为发皓齿？俯仰岁将暮，荣耀难久恃。"南方有位美丽的姑娘，她的容貌像桃李花般的姣好，然而时俗并不看重这美丽的容貌，那么她又为谁来展示自己的容貌呢？有托喻含意之口吻的主要就是"时俗薄朱颜，谁为发皓齿"这两句，就像杜荀鹤"承恩不在貌，教妾若为容"（《春宫怨》）的发问一样。他接着说时光流逝，俯仰之间一年的芳华就过去了，荣耀也难以长久地保持，这才正是屈原"日月忽其不淹兮，春与秋其代序。惟草木之零落兮，恐美人之迟暮"的"美人迟暮"的寄托的含意。另外如同样也是写佳人的《汉书·外戚传》中记载着李延年在武帝面前唱了一首新歌说："北方有佳人，绝世而独立。一顾倾人城，再顾倾人国。宁不知倾城与倾国，佳人难再得。"这首诗的前两句颇有托喻的可能，就如同《古诗十九首》的“西北有高楼，上与浮云齐”一样，但后几句将美人写得太落实，失去了托喻的意味。这种叙写的口吻所造成的不同的结果，是很值得重视的。以曹子建的身世，曾得到父亲曹操的赏识，而其兄曹丕即位以后，他却受到不断的迫害，郁郁不得志，所以他的诗中有托喻是完全有可能的。以他生活的经历，也可以肯定这一点。而李延年本来是一个宫廷乐师，以他生平为人、生活经历和叙写口吻来考察，都可以说他的这首诗是没有托喻的。现在再用这三个标准来评量飞卿词有无托喻的含意。先看他的生平为人。新旧《唐书》都有温飞卿的传记，另外像《北梦琐言》《南部新书》《玉泉子》《唐才子传》等，也都有关于温飞卿的记载，夏承焘先生《唐宋词人年谱》中有《温飞卿系年》。飞卿是唐宰相温彦博的六世孙，父曦尚凉国长公主，所以他是一个贵族世家的后裔。史籍记载他“薄于行，无检幅”，不喜欢检点约束自己的生活，“能逐弦吹之音，为侧艳之词”，终生未通过进士考试，科场之中，好代人为文，才思敏捷，考作诗押八韵，“凡八叉手而成”，人称“温八叉”。他的十五首《菩萨蛮》，除“玉纤弹处真珠落”一首专咏泪的例外，其余十四首一般人都把它们看作一组词，所以张惠言才说它的“章法仿佛《长门赋》”，当然这是很偏颇的说法，我们可以不提。但这十四首词是一组词，其性质、内容、表现的手法是比较接近的。组诗和组词，在历史上有不同的几种情形，成组的作品，自然都是多篇的。多篇作品组合在一起，一定需要章法严密，要有次序，篇次完备，有开头有结尾。有史以来，章法严密完整之组诗无过于杜甫的《秋兴八首》，这八首诗一首与一首之间的次第是丝毫不可以错乱的。再其次的是陶渊明的《饮酒》诗，第一首和最后一首，这开头与结尾也是绝对不能错乱的，但它中间的几首就不像杜甫的《秋兴八首》那样严密有次序，而是反复从各方面写他对人生的看法、思索和反省。像温飞卿的这十四首《菩萨蛮》就既没有像杜甫《秋兴八首》那样自始至终的严密次序，也没有像陶渊明《饮酒》诗那样开头和结尾的严格布局，它只是性质、内容和表现手法比较接近而已。据《北梦琐言》《唐才子传》等书记载，唐宣宗时《菩萨蛮》的牌调极为流行，宣宗令宰相令狐绹作新歌词，令狐请飞卿代笔，"戒令勿泄"，而飞卿却向别人说了，令狐绹很不高兴。令狐绹这人没有学问，温飞卿说他是"中书堂内坐将军"，劝其"燮理之暇，宜时览古"，所以温飞卿在生活上是缺少检点、约束，对权贵也敢大胆讥评的。从他的生平为人来看，王国维、李冰若就都认为他的词只是精丽而已，哪里会有屈原那种悲天悯人的怀抱。从叙写的口吻来看，曹植《杂诗》的"南国有佳人"一首，"美人迟暮"的感慨也是非常明显的。另外像辛稼轩的《菩萨蛮·书江西造口壁》，如果结合辛弃疾的身世遭遇，结合他的忠义奋发和当时南宋偏安的环境，更重要的是结合"西北望长安，可怜无数山"的口吻来看（长安，在中国诗歌中一直被当作都城的代表），这首《菩萨蛮》词无疑是有托喻的。尽管大家都承认这点，但到底辛弃疾寄托的是什么，历来有四种不同的说法：南宋罗大经的《鹤林玉露》有一种说法，当代学者邓广铭先生《辛稼轩词编年笺注》有一种说法，台湾《大陆杂志》刊登过的李笠父和郑骞两位先生的两篇文章又各持一说。我看到的四种书就有四种说法，这种感慨究竟何指是很难确定的。所以，即使我们意识到那些诗词有托喻，纵然如此，也不应像张惠言说词那样武断和拘泥。我们只能说有这样的可能，除非作品本身指实说得很明白，否则读者不要自作聪明勉强地下结论。何况以温飞卿之为人来看，有寄托的可能性是很小的。而从口吻上说起来，温词是不作主观明白的叙写的，他只说“鸾镜与花枝”，不像王国维那样写“从今不复梦承恩，且自簪花坐赏镜中人”，他所暗示的只是可能，从不在口吻上说明。但又是什么缘故使得他的词具有这样的可能呢？这就又是个人和传统的两种因素了。一个是温飞卿在旧式教育中长大，他熟习古人的作品，所以受传统的浸习熏染很深，他自然说出来的口吻就与传统非常接近。还有一个因素则是个人本身，一个好的作家一定是传统与个人结合得很好的。温庭筠虽然不可能有像屈原那样关怀国家存亡的忠爱缠绵的感情，但却仍有托喻的可能，就是因为他的经历中有一段波折不幸的遭遇。尽管他个人薄于行，无检束，但他确有才能，而且温庭筠生在晚唐的时代，在当时几次政变中，他至少有起码的正义感。他经历了晚唐文宗、武宗、宣宗三朝，这三朝期间在政坛上发生了几件大事。文宗面临着晚唐藩镇割据、宦官专权、党派倾轧三大弊端，有心图治，改变这种局面，他曾两次尝试诛灭宦官，但都归于失败，“甘露之变”就是其中的一次。“甘露之变”失败后，李商隐写了好几首感慨愤怨的诗篇，温庭筠也写了两首《题丰安里王相林亭》的诗，有“不知淮水浊，丹藕为谁开”和“谁知济川楫，今作野人船”等诗句，哀悼因“甘露之变”失败而为宦官所杀的宰相王涯，对宦官诛灭大臣表示了愤懑。文宗开成二年（837）九月，庄恪太子被废，十月暴卒，极有可能死于政治阴谋，温庭筠也作了《庄恪太子挽歌词》。由此可知，温飞卿虽然不见得有屈原的那种忠爱缠绵的感情，然而当悲剧发生之时，他仍然有一份正义的感情。正因为这种缘故，他得罪了不少人，所以在仕宦科举中一直不得意。他曾两次被贬，一次是做方城县尉，一次是做隋县尉，贬官制词的作者裴坦曾经说过这样的话："放骚人于湘浦，移贾谊于长沙。"以屈、贾来比喻他的被贬，可见在当时也未尝没有人同情他。飞卿死后，在昭宗龙纪元年（889），有人推荐其子温宪，也曾说道"蛾眉先妒，明妃为去国之人"，言其有才而被人嫉妒，反而被贬。这些都是说他生前死后别人对他的同情，那么温飞卿自己生前在内心之中自然就更有一种怀才不遇的抑郁悲慨了。虽说他的薄于行、无检束也是招致这种结果的部分缘由，不管怎样讲，他是有抑郁不得志的这种心情的。他的诗集中有《……书怀……一百韵》，前面有很长的题目，说开成四年（839），他通过了乡试的荐举，本应到京城考进士，他也很想能够成行，但却因"抱疾郊野"而不能入京，然而这个"郊野"就在长安县的鄠杜之间，下面又说其时"将议遐适"，既然是抱疾于鄠杜之间连长安的考试都不能参加，何以又要远适他方呢？这里面显然有矛盾的地方。这首诗的内容全写的是不得知遇的感慨，他曾说"未能鸣楚玉，空欲握隋珠"，又说"积毁方销骨，微瑕惧掩瑜"，他写的是他处在积毁之中，是他觉得不应以他少许的缺陷掩没掉他的长处。总之，飞卿的词虽在他的生平为人上说起来不能与屈原相比，但是他在当时宦官与朝臣的政争之中却也曾表现出了相当的正义感，不过如果以温庭筠的诗与李商隐的诗相比较的话，我们就会知道那李商隐对国家的关怀不知道要比温庭筠深沉多少倍，李商隐《行次西郊作一百韵》全是写的国家，温庭筠《……书怀……一百韵》都是写的个人，这就是他们之间的差距之所在。李商隐说“我愿为此事，君前剖心肝。叩头出鲜血，滂沱污紫宸”，完全是对国计民生的深切关怀，他愿为此“剖心肝”，叩头在皇帝面前，用鲜血染红朝廷的阶陛。这一份关怀国家的感情，温庭筠是没有的，他所有的只是个人的怀才不遇的牢骚而已。可是他的词却可以引起我们寄托之想，归纳而言，其所以然者，除了艺术上的因素之外，还有两点原因：一是与传统托喻的暗合，二是他果然有不得志的抑郁哀伤，所以他不知不觉之间便把这二者结合起来，就写了这样的词，虽无屈子悲天悯人之意，却也使我们产生了这样的联想。

缪元朗、安易整理 〉

2 第二章

论韦庄词

第一讲　论韦庄词之一

第二讲　论韦庄词之二

第三讲　论韦庄词之三

第一讲

论韦庄词之一

我们下面讲韦庄的词，我选的也是几首《菩萨蛮》，先读一遍：

红楼别夜堪惆怅，香灯半掩流苏帐。残月出门时，美人和泪辞。　　琵琶金翠羽，弦上黄莺语。劝我早归家，绿窗人似花。

人人尽说江南好，游人只合江南老。春水碧于天，画船听雨眠。　垆边人似月，皓腕凝霜雪。未老莫还乡，还乡须断肠。

如今却忆江南乐，当时年少春衫薄。骑马倚斜桥，满楼红袖招。　翠屏金屈曲，醉入花丛宿。此度见花枝，白头誓不归。

劝君今夜须沉醉，樽前莫话明朝事。珍重主人心，酒深情亦深。　须愁春漏短，莫诉金杯满。遇酒且呵呵，人生能几何。

洛阳城里春光好，洛阳才子他乡老。柳暗魏王堤，此时心转迷。　桃花春水绿，水上鸳鸯浴。凝恨对残晖，忆君君不知。

我们还不要讲，只是先读一遍，你就可以直接感觉到，韦庄的词与温庭筠的词有很大的不同：温飞卿的词客观，韦庄的词主观；飞卿的词秾丽，韦庄的词清简。我们曾说过温词的好处正在于客观，不作直接的叙写，而韦庄词的好处却就在其主观直接的叙写。不同类型的词就有不同的好处。韦庄词轮廓分明，但是不是就肤浅了，就有局限了呢？朱光潜先生曾说过“写景宜显、写情宜隐”，并且曾举温庭筠的一首小词《忆江南》“梳洗罢，独倚望江楼。过尽千帆皆不是，斜晖脉脉水悠悠，肠断白蘋洲”为例证，说此词“收语微近于显”。又说“如果把‘肠断白蘋洲’五字删去，意味更觉无穷”。这首词写一个怀人的女子梳洗后所倚的楼是那面临江水的楼，为什么要远望江水，因为远行的人要从江上回来，“梳洗罢”必定是清晨，她从一早等起，而“过尽千帆皆不是”，多少船从楼下过去了，没有一艘她所等待的船停泊下来，这时的江面，已经是“斜晖脉脉水悠悠”了。如果这一首词就停止在这里，就有无穷的余味耐人寻思。我们仔细想想，“斜晖”的“脉脉”，是那样一种迷茫的、朦胧的、暗淡的景色，这种迷离的景色更加深了怀思之情的绵缈。然而温飞卿却又说了“肠断白蘋洲”，反而把这首词给限制住了。这是按朱先生的观点来评说这首词。其实写词不论写情写景，紧要的都在于是否传达出了感情的力量，这种力量有大小厚薄高低深浅的不同，而写情写得很真率的也不见得一定就不好，即如杜甫诗之“穷年忧黎元，叹息肠内热”“回首肝肺热”“拭泪沾襟血”“啼垂旧血痕”诸句而言，以杜甫的精深博大，他何须矫揉造作的姿态来表现他对民生的关怀，他就这样直接坦率地写出来，就使人感到一种强烈的震动。

我上次讲温庭筠词的特色是客观的，是不直接叙写的，那样的作品自有其好处，反过来我们也应认识明白叙写的作品也有另一种好处。杜甫的诗就像汪洋大海，完全袒露于天地之间，无须隐藏，便自然含有强大的感发的力量。韦庄的词虽不能比美于杜甫，但却也能在直接叙写之中表现出感发的力量。如果说杜甫的诗像广阔的海洋的话，那么韦庄的词就像喷涌的泉水，喷射的强力不可以抑制，这是韦庄词的一个重要的特点。韦庄词多用主观直接的叙写，他的感情是劲直的、真切的。即如韦庄的《思帝乡》：“春日游，杏花吹满头。陌上谁家年少，足风流。妾拟将身嫁与，一生休。纵被无情弃，不能羞”，就是很好的例证。我举这首词是因为它与张泌的《浣溪沙》（晚逐香车入凤城）恰好是对比，同样是写游春，同样是有所遇，不过前者是女遇男，后者是男遇女，然而韦庄词的口吻与张泌词却完全不同。张泌所写的是骑马跟着那女子的香车入城的情景，虽很生动，却不能引起我们高远情意的联想。这并不是我们要把谁讲得好，把谁讲得坏，而是张泌的词写得让我无话可讲。词的微妙之处正在于对细节的叙写，了解细节才能知道词的好处，就以韦庄这首词而言，仅是开端"春日游"三个字，就极可玩味。"春日"正是感情的春心觉醒的时节，以前李商隐写有《燕台四首》，是按春夏秋冬的时序写的，第一首写的便是春天，开端就说"风光冉冉东西陌，几日娇魂寻不得。蜜房羽客类芳心，冶叶倡条遍相识"，恰好可以作为上述韦庄词句的注脚，二者之间有很相似的地方。"风光冉冉东西陌"是说春天里空中的天光云影，地上的风和日丽。杜甫的祖父杜审言《和晋陵陆丞早春游望》一诗曾有"淑气催黄鸟，晴光转绿蘋"之句，也正是描写的这种"风光冉冉"的景致，"冉冉"正是盎然之春意在流动之中的样子。春光来临，万物重又充满生机，也复苏了人的感情，怀着对千红的欣愉和喜悦的感情，人们要找到那宇宙中最美好的"娇魂"，但这又绝非易事，"几日娇魂寻不得"，我该向什么地方去寻找这精魂之所在呢？"蜜房羽客类芳心"，"蜜房羽客"是蜂的别称，他说那在花朵上采撷花粉的蜜蜂就像我那被唤醒的芳心一样，都有追寻的向往。"冶叶倡条遍相识"，美丽的枝条都寻找遍了。这一份对春天的寻找，也暗示着对更珍贵东西的追求，这种追寻可以提高到一种象征和托喻的境界。韦庄的词"春日游，杏花吹满头"，缤纷的杏花瓣落得游春的姑娘一头都是，这幅图景是可以想象出其优美的。"陌上谁家年少，足风流"，陌上有许多游春的青年，哪一家的少年是最风流的？如果她找到这样一个人，则“妾拟将身嫁与，一生休”。我们说温飞卿所用的笔法常是比兴，韦庄常用的笔法则是赋；比兴造成兴发感动的力量，在它的形象，在它的委婉和曲折，赋之造成感发则在其叙写的口吻。即如韦词这一句就很说明问题，“妾拟将身嫁与，一生休”，字字斩钉截铁，口气是真挚、诚实、坚定的，“纵被无情弃，不能羞”。儒家说“择善而固执”，一是要有选择的明辨，二是要有坚持的力量和勇气。屈原《离骚》说：“亦余心之所善兮，虽九死其犹未悔。”在现实生活中，无论是对事业、理想、学问都应有献身追求九死不悔的精神，但很多人都是考虑成败太多，急功近利，想以最小的付出取得最大的收获。一个真正愿为理想、事业而献身的人，绝不是为了他的成败，而是为了对理想、事业的热爱，这才是最高的思想境界。韦庄词正是以深挚的情意，提高、加深了词的境界。不过，韦庄词的好处还不仅如此，陈廷焯《白雨斋词话》说：“韦端己词，似直而纡，似达而郁，最为词中胜境。”这才是韦庄词在艺术方面的真正好处。纡者，曲也；达者，通也。韦庄词表面显得直率，其实情意曲折；口吻看似通达，而内容其实沉郁，这正是词中最好的境界。故而况周颐《蕙风词话》评韦庄词谓其“尤能运密入疏，寓浓于淡，花间群贤，殆鲜其匹”。其“运密入疏，寓浓于淡”二句，与陈廷焯评语之“似直而纡，似达而郁”的评语，意思颇有相近之处，这都是对韦庄之特色深有体会的话，而要详细体会韦庄的词，还必须将其生平也作一点简略的介绍。

韦庄是唐初宰相韦见素的后人，杜陵人，少长于下邽，孤贫力学。广明元年（880）四十五岁，在长安应举，正值黄巢军攻入长安，遂陷于战乱，与弟妹失散。中和二年(882)

始离长安赴洛阳。中和三年（883）春，四十八岁作《秦妇吟》，结尾有“适闻有客金陵至，见说江南风景异”之句，不久韦庄遂避乱去到江南，五十八岁回到长安，一心想要应试，以伸展其治国平天下的怀抱。乾宁元年（894）五十九岁时中进士，为校书郎。当时各地节度使不听中央号令，东、西川节度使不和，乾宁四年（897），朝廷遣“宣谕和协使”李洵入川，韦庄时年六十二岁，被李洵聘为书记，同至西川，由此结识了西川节度使王建，回长安后，改任左补阙。天复元年（901）六十六岁，应王建之聘入川为掌书记。天祐四年（907），朱温篡唐，王建据蜀称帝，是为前蜀。七十二岁的韦庄被任为宰相，开国制度均出其手。七十五岁卒于成都花林坊。韦庄的诗集名《浣花集》。

韦庄的《菩萨蛮》是一组五首词。张惠言的《词选》选的都是他以为有托喻的作品，他也选了韦庄的《菩萨蛮》，而且认为它们“盖留蜀后寄意之作”，说是韦庄留蜀晚年表现其怀念故国的忠爱之思的作品。张惠言还说“江南即指蜀”，但我以为韦庄词中所说的江南应该就是指江浙一带的江南。他的《秦妇吟》中说“适闻有客金陵至，见说江南风景异”，就是以金陵和江南并举的。如果再看韦庄的《浣花集》，更可以发现其中许多首诗的题目中都有“江南”二字，毕竟韦庄在江南生活了多年，其诗中多处提到的江南，都不是晚年所居的四川，而确是早年他漂泊过的江浙的那个江南。还有人认为有“洛阳城里春光好”的第五首应是在洛阳所作，我也不同意这种说法。为什么不看到下一句“洛阳才子他乡老”呢？“洛阳才子”应是作者自指，他当年写《秦妇吟》闻名于世时，就在洛阳，当时人称“《秦妇吟》秀才”，

“秀才”在当时是对未考中进士的读书人的泛称。洛阳才子的他乡老，只能是他留居四川时对过去生活的回忆。我们以前说温庭筠的十四首《菩萨蛮》是一组词，其内容、情意、风格有相近的地方，但那十四首词并没有必然的次序以及完整的章法和结构。组词中有完美的结构者就只有韦庄的这五首《菩萨蛮》，有的选本只选其中的两三首作介绍，那是对一个完整生命的阉割。以上都是要讲解这五首词所必须交代的有关知识。下边我们讲第一首：

> 红楼别夜堪惆怅，香灯半掩流苏帐。残月出门时，美人和泪辞。　　琵琶金翠羽，弦上黄莺语。劝我早归家，绿窗人似花。

这首词是写离别之情的。“红楼别夜堪惆怅，香灯半掩流苏帐”：“红楼”“香灯”“流苏帐”所构成的是一幅何等温馨旖旎的背景！我以前讲温庭筠的“懒起画蛾眉，弄妆梳洗迟”“鬌堕低梳髻，连绢细扫眉”诸词，说它们寄托了极为深婉的珍重爱美的情意，我们要注重的是这种精神，而不是外表的情事，并不是只有“画蛾眉”“细扫眉”才代表这种精神境界。王国维就曾说过“词之雅郑，在神不在貌”。“雅”就是纯正，“郑”是与“雅”相对的，因为《诗经》中的《郑风》多写的是男女爱恋之情，故而有人说“郑风淫”，这种说法当然也不尽正确。王国维所谓“词之雅郑，在神不在貌”，是说词之意境的深浅高下乃在其含蕴之精神境界，而不在其外表是否写的男女爱恋的情事。这首词开端两句表面是写闺房情事，似颇为香艳，试想如果不是离别，在有香灯和流苏帐的红楼之中，该是多么缠绵旖旎的情事。但是这里的“红楼”紧接着“别夜”，“香灯”和“流苏帐”之间隔有“半掩”二字。在平常休息睡眠的时候，香灯是可以熄灭的，流苏帐是可以放下来的，而香灯一直亮着，帐子也掩着，就意味着今宵是离别之夜。这两句浅直的叙写中，有许多矛盾的对比，所以说“堪惆怅”，就因为他们不能欢聚在有香灯的流苏帐的红楼之内安眠，而内心之中满是离别的悲哀。读到这里，还不会明白它为什么是好词，韦庄现在把红楼别夜写得如此值得珍重恋惜，是直要读到第五首的“凝恨对斜晖，忆君君不知”才会真正体会出其中的深意的。《论语》上说过：“可与言而不与之言，失人；不可与言而与之言，失言。智者不失人，亦不失言。”对于诗词的欣赏，也应该做到不失人也不失言。对于诗词的作者，如果他的作品有深意，而你不理会，你便对不起他；如果没有深意，你要强加于他，则是你的错误。尤其是对于含蓄委婉的作品，更应不失人亦不失言。“残月出门时，美人和泪辞”：“残月”有两种解释，一是缺月，二是西沉的月。《花间集》中有词云“残月脸边明，别泪临清晓”，可以为证。只有西沉的月亮才会与行人的脸平齐，温飞卿的诗“鸡声茅店月，人迹板桥霜”也点明了破晓是行人上路之时。从别夜的香灯到清晨的残月，都透露着作者对离别前时间点滴流逝的敏感。“残月出门时”，到了不得不与所爱的女子相别的时候，“美人和泪辞”，这一句在句法上有三种解释之可能：第一种解释是美人含着泪和我相辞，第二种解释是我含泪与美人相辞，第三种是我与美人都含泪而辞，这三种解释可以并存。中国过去解说诗词的方法，是一定要限制为一种解释，但西方新的文学批评，却承认诗之多义。英国的威廉·燕卜荪（William Empson）写有一本书，名为 *Seven Types of Ambiguity*，朱自清先生早就介绍过此书，定名为《多义七式》，这本书介绍了可以使诗歌造成多义的七种形式，燕卜荪所举的例证都是英国诗歌，其实中国的诗歌中也有同样的现象。"美人和泪辞"一句就可以多义并存。下面"琵琶金翠羽，弦上黄莺语"，有的版本"翠羽"作"翡翠"。《菩萨蛮》的牌调是每两句押韵。"琵琶金翠羽，弦上黄莺语"中的"羽""语"应是韵字，换上"金翡翠"就不押韵了，可知此处不应是"金翡翠"，这是很简单的辨别方法。"金翠羽"是装饰在琵琶捍拨部位上的饰物，是翡翠鸟的羽毛，这是极言琵琶之精美珍贵。"弦上黄莺语"是说那琵琶弦上弹出的声音犹如那婉转的莺啼。晏几道（小山）词云："记得小蘋初见，两重心字罗衣，琵琶弦上说相思。"可知琵琶是可以传达内心中深刻婉转之情意的。韦庄要写的便不仅是临别时美人弹奏了琵琶这件事本身，而是着重在写琵琶弦上所传达出来的相思之情。"弦上黄莺语"是说琵琶弹奏的如莺啼婉转的声音都是多情的叮咛叙述，说的是什么？就是下边一句："劝我早归家。"何以要早归家？那理由非常充足，就是因为"绿窗人似花"。有如花般的美人在家中等待，你难道能不早归家吗？花的生命是短暂的，一个女子的美貌也难以持久，如果你还想见到如花的人，就该早点归来，若是晚了，即便你回来以后那人依然还在，可已经没有如花的美貌了。王国维写过两句词："阅尽天涯离别苦，不道归来，零落花如许。"（《蝶恋花》）我历尽了天涯离别之苦，没想到回来以后，花已经这般零落。总结起来，这第一首词写的都是离别珍重的感情，对于这首词所传达出的这种情感，当以后讲到第五首时，我们会有更深的体会。

接着我们讲第二首：

> 人人尽说江南好，游人只合江南老。春水碧于天，画船听雨眠。　　垆边人似月，皓腕凝霜雪。未老莫还乡，还乡须断肠。

"人人尽说江南好"，是与第三首词的"如今却忆江南乐"对应的，这里，我们要注意的是他所写的"人人尽说"，其间所隐藏的意思是自己并未曾认为江南好，只是大家都说江南好而已。下面的"游人只合江南老"，也是别人的劝说之辞，远游的人就应该在江南终老。以前王粲《登楼赋》曾说："虽信美而非吾土兮，曾何足以少留?"江山的确很美，但不是我的故土，我也不愿久留。中国还有句老话："美不美，故乡水，亲不亲，故乡人。"而韦庄这两句词，似直而纡，把怀念故乡欲归不得的感情都委婉地蕴藏在这表面看来非常真率的话中了。"只合"，合者，该也，什么人敢这样大胆地对韦庄说你就该留在江南终老，在江南你是一个游人客子，却劝你在江南终老，那一定是你的故乡有什么让你不能回去的苦衷，所以才敢劝你在江南终老。因为韦庄是在中原一片战乱中去江南的，当时的中原如同他在《秦妇吟》中所描写的，是"内库烧为锦绣灰，天街踏尽公卿骨"，在这种情况下，江南人才敢这样径直地劝他留下来。韦庄词"似直而纡，似达而郁"的特色，就正在这表面率直而内里千回百转的文字中得到充分体现了。下面则是对江南好的细写，说江南确实是好的。"春水碧于天"是江南风景之美，江南水的碧绿，比天色的碧蓝更美。"画船听雨眠”是江南生活之美，在碧于天的江水上，卧在画船之中听那潇潇雨声，这种生活和中原的战乱比较起来，是何等闲适自在。更进一步，江南又何尝只是风景美、生活美，江南的人物也美：“垆边人似月，皓腕凝霜雪。”垆，又作“炉”，是酒店放置酒器的地方，《史记·司马相如列传》云：“买一酒舍酤酒，而令文君当垆。”江南酒垆卖酒的女子光彩照人，卖酒时攘袖举酒，露出的手腕白如霜雪。这几层写风景、生活、人物之美，你不要用庸俗的眼光只看它表面所写的情事，而要看到更深的一层，下面的“未老莫还乡”，这么平易的五个字却有多少转折，佛经上说才说无便是有，说“莫还乡”实则正由于想到了还乡，他没有用“不”字，用的是有叮嘱口吻的“莫”字，细细地品味，就应该联想到陆放翁的《钗头凤》：“山盟虽在，锦书难托。莫！莫！莫！”那一连三个“莫”字所道出的一片无可奈何之情是极为深婉而且沉痛的。韦庄词此处的“莫”字，也表现出了一种极深婉而沉痛的情意，说“莫还乡”是叮咛嘱咐的话，是你想还乡，而现在却有不能还乡的苦衷，“还乡”是一层意思，“莫”是第二层意思，又加上“未老”二字，是第三层意思，因为人没有老，在外漂泊几年也没有关系。王粲《登楼赋》说“情眷眷而怀归”，人到年老会特别思念故土。韦庄词似达而郁，五个字有三层意义的转折，表面上写得很旷达，说是我没有老所以不要还乡，而其中却是对故乡归不得的盘旋郁结的感情。后面他说“还乡须断肠”，这正是别人之所以敢跟你说“游人只合江南老”的理由，因为你回到那弥漫着战乱烽火的故乡，只会有断肠的悲哀。讲到这里再回头看“人人尽说江南好，游人只合江南老”，就会明白陈廷焯为什么赞美韦庄词“似直而纡，似达而郁”了。

第二讲

论韦庄词之二

现在我们讲韦庄《菩萨蛮》的第三首：

如今却忆江南乐，当时年少春衫薄。骑马倚斜桥，满楼红袖招。　翠屏金屈曲，醉入花丛宿。此度见花枝，白头誓不归。

韦庄的这组词，在时间层次上是非常分明的。“红楼别夜堪惆怅”是在中原的离别，究竟是和长安还是和洛阳离别，要到第五首才能明确，如果说韦庄有故国之思，那么是对唐朝长时期的首都——长安，还是对唐亡时皇室的所在地——洛阳的眷念，也要到最后才能得出结论。第二首是写在江南漂泊时的生活，有人认为这首词就是在江南当时写下来的，这是误解。这五首词都是韦庄晚年追忆之作，虽然词中的“江南”都是确指的江南之地，但写作时间一定是离开江南之后。第三首是对往事的回顾以及感慨，“如今却忆江南乐”，“如今”是跟从前作对比的，是说我现在才反而回想起江南的好处，“却”是反对之词，“如今却忆”四个字一笔勾销了当年的“人人尽说江南好”，再次突出他当时并没有认为江南好的意思，据此也可以肯定这首词是离开江南之后写的。当时在江南，他并不以江南为快乐，他的心心念念都在那“红楼别夜”的中原，都在那“劝我早归家”的美人，所以对那风景如画的江南、垆边似月的酒女都并没产生丝毫的留恋。但等他离开了江南，反而却回忆起在江南那段生活的美好了。唐代诗人贾岛（据《全唐诗》卷四七二，一作刘皂诗）有诗云：“客舍并州已十霜，归心日夜忆咸阳。无端更渡桑干水，却望并州是故乡。”（《渡桑干》）他说我在并州做客已经十年了，不分日夜思念的是长安附近的咸阳，如今我渡过桑干河来到更远的地方，回首并州，倒仿佛并州也是我的故乡了。韦庄所写的也是这种心理。他在江南思念着中原，离开江南到更远的蜀中，他又觉得在江南的生活也毕竟是快乐的，是值得怀念的了。韦庄说“当时年少春衫薄”，韦庄多数的词所传达的感发的力量不是靠形象，而是靠叙述的口吻，也就是用赋的笔法。可是他并不是不用形象，“春衫薄”三字就是形象，写少年的光景之美好和可怀念。李商隐有过两句诗：“庾郎年最少，青草妒春袍。”（《春游》）为陪衬庾郎的年少，用了春袍的质料的轻快和色泽的鲜明的形象，那使青草都嫉妒的这样的明快充满活力的春袍，正是青年的形象。“骑马倚斜桥”，更是形象，怎样描写男青年的英武潇洒，西方文学作品里少女心目中的男青年形象就是所谓的白马王子，中国也有类似的传统，白居易的诗：“妾弄青梅倚短墙，君骑白马傍垂杨。墙头马上遥相顾，一见知君即断肠。”（《井底引银瓶》）这位中国青年骑的也是白马。韦庄“骑马倚斜桥，满楼红袖招”，也是写的这样的男女之间感情的遇合，一定要重视他们共同所写的这种遇合的传统，这种遇合都同时有一种共同的含意，就是要以你最好的年华，最出众的才能，最好的面貌去得到这种可贵的遇合。“骑马倚斜桥”是英武与潇洒的结合，“骑马”是英雄勇武的一面，“倚斜桥”是风流潇洒的一面，“满楼红袖招”是说满楼的女子都为之倾倒。韦庄的这两句词是说他当年何尝没有才华，何尝没有遇合，何尝没有人赏爱，然而他那时对满楼的红袖钟情吗？真的看重那些人吗？他没有，因为他第一句就写的是“如今却忆江南乐”，所以他所说的“满楼红袖招”都是反面的陪衬，是说我当年有那样的才华、遇合、赏爱，但我没有看重这些，而这一切现在都过去了。至此为止，写的都是对往昔的回忆。下半阕“翠屏金屈曲，醉入花丛宿”二句，一则可能仍是写回忆中的情事，再则也可能是写今日之情事，有两种可能，也可以兼指。“翠屏”是镶有翡翠的屏风，“金屈曲”是屏风上的金属环纽，用“翠”“金”二字，意在写明环境之美。“花丛”在古人诗词中，不单是指自然界的花丛，广义的还指如花的女子，他说我当年面对“满楼红袖招”都没有钟情，而现在要能再有像当时那样的遇合，“此度见花枝”，我便将要“白头誓不归”了，“誓”表示其态度之断然坚决。“白头誓不归”这句与前首的“未老莫还乡”是鲜明的对比，当年是说没有年老还可以暂时不回故乡，真正意思是说年老时一定要回乡，而如今白发苍苍却不但不曾还乡，反而说誓不回乡了。是什么原因使他“白头誓不归”呢？韦庄的五首词，虽然不见得全是君国忠爱的托意，但却饱含着对中原和故乡的感情。韦庄是京兆杜陵人，而且也在洛阳住过，所以不管是长安也好，洛阳也好，都是他的故园和旧居所在，他现在由“未老莫还乡”转变成“白头誓不归”，是因为他无家可回，无国可归了，唐朝已经完全灭亡了。韦庄留在蜀中，王建曾一度驰檄四方，欲联合讨伐朱温，从而形成两个对立的阵营。对于唐朝灭亡这样一件震动天下的大事，韦庄难道会不有所震动吗？！当年在江南时说“未老莫还乡”，是因为长安还有希望收复，回乡的希望依然存在，但在他留寓蜀中时，唐朝已经彻底灭亡了，回乡的希望荡然无存，所以他才决然地说“白头誓不归”，口气极为决断，含义则极为沉痛。这正是韦庄词的特色。

再看第四首：

劝君今夜须沉醉，樽前莫话明朝事。珍重主人心，酒深情亦深。　须愁春漏短，莫诉金杯满。遇酒且呵呵，人生能几何。

这首词头两句说"劝君今夜须沉醉，樽前莫话明朝事"，下半首又说"须愁春漏短，莫诉金杯满"，四句之中竟有两个"须"字，两个"莫"字，口吻的重叠成为这首词的特色所在，也是佳处所在。下面写"遇酒且呵呵，人生能几何"，又表现得冷漠空泛。有的选本因为这重叠和空泛而删去了这首词，以为不好，实际上等于割裂了一个完整的生命进程。"劝君今夜须沉醉，樽前莫话明朝事"，是深情的主人的劝客之语，一个"今夜"，一个"明朝"具有沉痛的含义，是说你今夜定要一醉方休，酒杯之前不要说起明天的事情。人是要有明天才有希望的，明天是未来希望的寄托，可是他现在用了一个"莫"字，今朝有酒今朝醉，明天的事你千万别提起，为什么"莫话明朝事"呢？那必然是明天的事情有不可期望、不可以诉说的悲哀和痛苦，所以这里反映了他非常沉痛的悲哀。这是主人劝客之词，如果联想到他的"红楼别夜"的美人劝他早归家，则当时他的希望原当在未来，在明天，明天回去可以见到他"绿窗人似花"的美人，而现在主人劝他"樽前莫话明朝事"，是明天绝无回去的希望了。"珍重主人心，酒深情亦深"：纵然是对红楼别夜的美人还是这般的钟情和怀念，但是没有再见的希望，我就珍重现在热情的主人的心意吧，因为主人敬给我的酒杯是深的，主人对我的情谊也是深的。李白有首诗是这样写的："兰陵美酒郁金香，玉碗盛来琥珀光。但使主人能醉客，不知何处是他乡。"（《客中作》）兰陵的美酒散发着郁金花的香气，白玉碗中的酒浆闪泛着琥珀般的光泽，只要主人能使我沉醉，我就忘记了什么地方是他乡。一般人只知道欣赏李白诗潇洒飞扬的一面，其实李白诗也有非常沉痛的一面，李白写饮酒的诗最多，而且多与“悲愁”联系在一起，像“抽刀断水水更流，举杯消愁愁更愁”“五花马，千金裘，呼儿将出换美酒，与尔同销万古愁”，都属此类。在韦庄这二句写的主人劝酒之情中，也隐含了深重的悲哀。下半阕的“须愁春漏短，莫诉金杯满”，我以为此处乃是客人自劝之词：我忧愁的是像今晚这般欢饮的春夜非常短暂，我不再推辞说你又将我的酒樽斟得太满。“遇酒且呵呵”，“呵呵”是笑声，如果你认为是真的欢笑就错了，因为“呵呵”两个字只是空洞的笑的声音，没有真正欢笑的感情，韦庄所写的正是强作欢笑的酸辛。如果你再不珍惜今天“春漏短”的光阴，今天的欢笑，今天这“酒深情亦深”的感情，明天也都不会再存在了。唐朝灭亡，当时的韦庄已经是七十多岁的老人了，所以他说“遇酒且呵呵，人生能几何”。

第五首词：

> 洛阳城里春光好，洛阳才子他乡老。柳暗魏王堤，此时心转迷。　　桃花春水绿，水上鸳鸯浴。凝恨对斜晖，忆君君不知。

这第五首词是全组五首词的总结，是对红楼别夜的回忆，所指的应该是洛阳。这第五首词可分为两层意思来看：一是果然怀念的是红楼别夜真正的女子；二是有托喻的含义。按第一层意思来讲，可能是他在洛阳时确有一段遇合，因此而怀念洛阳的春光，更何况韦庄又真的见过洛阳的春光，《秦妇吟》的开头就曾说“中和癸卯春三月，洛阳城外花如雪”，是洛阳之春光果然美好，使人追怀忆念。可是当年的“洛阳才子”却是“他乡老”了，再也没有回到洛阳去，而且以后也绝无回去的希望了。王建在蜀称帝以后，与篡唐的朱温成为对立的国家，韦庄因此便只能终老他乡，但他却执着地怀念着故乡。“柳暗魏王堤，此时心转迷”：洛阳城外的魏王堤上遍种杨柳，白居易曾这样加以描写说：“何处未春先有思？柳条无力魏王堤。”（《魏王堤》）春天还没有来而却已经使人有了春天的情思的，正是魏王堤上柔弱无力地垂拂的杨柳。韦庄这首词开端四句，一方面是写洛阳，一方面是写他乡，“洛阳城里春光好”，“柳暗魏王堤”是洛阳；“洛阳才子他乡老”，“此时心转迷”是他乡；“洛阳城里春光好”是昔日，“此时心转迷”是今日，四句是两两对比的呼应，都是今日此时对洛阳的回忆。我记得当年的洛阳“柳暗魏王堤”，“暗”者是茂密的样子，想起魏王堤上的柳树，那千条万缕的柳丝在我心中唤起了相思怀念的凄迷之情，所以说“此时心转迷”。下半阕的“桃花春水绿，水上鸳鸯浴”，又用了一个“春”字，代表着又一个春天的到来，但这句的春却已经不再是洛阳之春，而是今日此时在成都的春天了。杜甫当年写成都的景色，曾说“春流泯泯清”，韦庄所用的“绿”字也是清澈的意思，他说清澈的春水两旁开满桃花，杜甫在《江畔独步寻花》一诗中也曾描述过成都春天这种美丽的景色，他说是“桃花一簇开无主，可爱深红爱浅红”。“水上鸳鸯浴”也是当年成都的景致之一，杜甫在成都也曾写过“泥融飞燕子，沙暖睡鸳鸯”。当然，韦庄用“鸳鸯”二字除写实外，也有象喻之意，鸳鸯是成双成对的，代表着相思的感情，韦庄看到水上的鸳鸯，就引起了他对故乡故人的怀念之情。“凝恨对斜晖”，是说我内心之中凝聚着不可排解的愁恨，“凝”是深聚不散，不是短暂的愁恨，不是一时片刻的愁恨，而是深心凝聚着的愁恨。面对着落日的斜晖，“斜晖”也有两层含意：一是果然是在黄昏的时候，黄昏最易触动人们的相思怀念；二是象喻的意思，“斜晖”代表着一个王朝的败亡消逝，辛稼轩的“休去倚危栏，斜阳正在，烟柳断肠处”（《摸鱼儿》“更能消、几番风雨”）便有这层托喻之意。古人常说的落日、斜阳，都是慨叹一个朝代的衰亡。而末句“忆君君不知”，则一下子打回到开头的“红楼别夜”的美人，他说你难道以为我说了“白头誓不归”，就真的不想念你了吗？其实我何尝不对你时时牵挂怀念，只是“忆君君不知”罢了。对他人的思念是需要以行动来加以证明的，不能只凭口说，而韦庄是不能用行动来向红楼别夜的美人证明他的怀念了，所以他这五个字写得极为沉痛，而联系到前面的“劝我早归家”一句美人的惜别之言，则更见其可悲了。韦庄这五首词是同时可以有两层含义的。第一层可以说他所写的只是跟一个现实的女子离别的相思怀念，因为他毕竟漂泊江南，终老蜀中，而不能重返中原与所爱之人重聚了。同时更可注意的是他可能还结合有一层托喻之意，是暗写对于唐朝故国的一份忠爱的感情，因为唐朝最后的灭亡是在洛阳，因为据《旧唐书·昭宗纪》所载，天祐元年（904）正月朱温曾胁迁唐都于洛阳，八月遂弑昭宗而立昭宣帝，未几朱温遂篡唐自立，所以唐朝最后的灭亡是在洛阳发生的，韦庄这首词最后点明洛阳，以历史背景和作者身世而言，其有托喻之意，自然是十分可能的。

讲完这五首《菩萨蛮》词，我们大概会有这样一个印象，温飞卿的词不必然有托喻，因为不论从他的生平或从他词中主观的抒情口吻来看都不易证明这一点，而分析韦庄的五首《菩萨蛮》词，则确实有这种可能性。温词非常客观，很少做主观的表达，而韦庄的词则大半都是对他自己感情的主观的直接的叙写。这是他们两人之间很大的差别。所以，过去一般人认为温词是托物寄情，韦词是直抒胸臆。韦庄的这五首词完全是对平生的追忆，这一点是可以确定的，而温飞卿的十四首《菩萨蛮》就从来不曾使我们有这样的把握和信心。韦庄词所写的“洛阳才子他乡老”，结合历史来看，唐朝最后的灭亡确是在洛阳，唐昭宗被弑在洛阳，因此他对洛阳的念念不忘都可以暗喻他对故国的怀思。从“凝恨对斜晖”一句来看，中国古代多把君主比作太阳，斜晖也就象喻了国家的败亡，这些都可以使人产生韦词是有怀念故国之托喻的联想。不过，我也认为，我们不必像张惠言那样拘实和确指他的托喻，认为他从第一首便有了故国之思，我们不妨这样看，在现实之中，韦庄可能果然在洛阳有过那样一段与美人相思离别的情事，而国家的败亡也在洛阳，他把二者都融合于他的平生经历之中，因此使之有了两层意思，一是现实中对美人的相思怀念，二是对故国的眷念怀思，不必说是有了第二层意思，就绝不该有第一层意思，更不应该认为有了第一层的写实，就不该有第二层的托喻了，我们应该这样看待这五首《菩萨蛮》。有的人只能看到一层意思，张惠言认为它是对君国的忠爱，便否认其男女的相思，而有的人只承认后者，便一定得否认前者，我认为不应这样相互排斥。另一个问题是韦庄在洛阳是不是真有一段这样的遇合？这虽然没有文字记载，没有姓氏名字可考，但却也颇有可能性，因为史书记载韦庄是一个多情的诗人：一生漂泊，所至有情。

所以他在洛阳也可能曾经有一段浪漫的遇合。再一个问题是对“当时年少春衫薄”一句的疑问，因为韦庄在江南的时间已是他四十多至五十多岁之间，他怎么可以自称“年少”呢？我想，韦庄的这首词是晚年在蜀中所写，当时他已经七十多岁了，比较起来，四十多岁的时候当然还可以称之为“年少”。

第三讲

论韦庄词之三

我们现在再来看看韦庄写男女之情的小词，这些小词并无寄托，但也颇具特色。古代词人写词一般都假托女子的口吻，“鸾镜与花枝，此情谁得知”，谁照着鸾镜，谁戴着花枝，自然是女子了，“此情谁得知”是女子对男子的怀念，而词的作者却大多是男子。所以就算他写的是现实的相思怀念之情，但也已有了一个假托的转折。而韦庄词的一点特色，就是他往往不假借女子的口吻，而直接以男子的口吻来写男女之间的相思。像《谒金门》："空相忆，无计得传消息。天上嫦娥人不识，寄书何处觅。　　新睡觉来无力，不忍把君书迹。满院落花春寂寂，断肠芳草碧。"他说我所怀念的女子就像天上嫦娥般美丽，不被一般人所认识，明显地是以男子的口吻在怀念女子。再如《女冠子》："昨夜夜半，枕上分明梦见。语多时。依旧桃花面，频低柳叶眉。　　半羞还半喜，欲去又依依。觉来知是梦，不胜悲。"写的是一个男子梦见到女子的梦境。《荷叶杯》："绝代佳人难得，倾国，花下见无期。""记得那年花下，深夜，初识谢娘时。"也都是以男子的口吻写对女子的怀念，其中有人，呼之欲出，像"昨夜夜半，枕上分明梦见"，有时间，有地点，有情事，写得斩钉截铁；"四月十七，正是去年今日，别君时"（《女冠子》），时间也交代得非常明确。韦词不仅直接，而且劲直真切。但一般作者写词却大半以女子的口吻出之，很少以男子的口吻来写，他们设想那词中的主人翁就是"举纤纤之玉手，拍案香檀"的歌儿酒女。这种交给歌女演唱的艳词，没有鲜明的个性，因为它没有个人的真实感情。韦庄词与温飞卿词的不同，就在于飞卿词是供歌伎演唱的，基本上还停留在艳歌的地步，它所给予读者的只是联想，但并不给人直接的感动。而韦庄的词则刚好相反，作者主观地直接叙写自己对女子的爱情相思，这就使得词的这种韵文形式从歌筵酒席之间不具个性的歌词演化为直接叙写自己感情的抒情诗了。这是词在发展演进上的一步进展。再者凡以女子的口吻来写的歌词，感情上都表现得比较专注，旧传统礼教这样要求女子，而她们又处于被选择、被遗弃的地位，所以女子表露感情的口吻都是期待的，她不能去主动追求。古代词人一般所写的女子的感情是如此的，而男子的感情却不这样。我以前举过一首词："脚上鞋儿四寸罗，唇边朱粉一樱多，见人无语但回波。"这是一个男子眼中的女子的形容。下半首说："料得有心怜宋玉，只应无奈楚襄何，今生有分共伊么。"（秦观《浣溪沙》）纯属轻薄之词。王国维在《人间词话》中说："艳词可作，唯万不可作儇薄语。"词中应该有一种意境，有的词所造成的高远幽深的境界，不但可以给人一种托喻的联想，就是我们把关于托喻的联想置之不论，具体只说爱情，难道爱情就不该有品德，不该有境界吗？！晏几道（小山）的词比前一首的品格表现得高一点，他写道："记得小蘋初见，两重心字罗衣。琵琶弦上说相思，当时明月在，曾照彩云归。"（《临江仙》"梦后楼台高锁"）这实在是很优美的词，有感情的深度。他与小蘋心灵上有相通的地方，就是那琵琶弦上诉说的相思，而且"两重心字罗衣"确实写得很好，因为"心"字本身就代表一种真挚的感情，这个女子除了外表的美丽以外，还有较高的感情的意境。晏小山还写过其他的词："小令尊前见玉箫，银灯一曲太妖娆。歌中醉倒谁能恨，宴罢归来酒未消。　春悄悄，夜迢迢，碧云天共楚宫遥。梦魂惯得无拘检，又踏杨花过谢桥。"（《鹧鸪天》）这首词也写得很美，和韦庄的这几首词比较，在感情方面他写得也很多情，不过他所写的女子不是唯一的，可以是玉箫，可以是莲、红、蘋、云很多人，他很尊重这些女子，所表现的品格也较高，但他对这些女子没有很专一的、很执着的、很深挚的感情，不是唯一的、不可替代的，这就是相异之处。因为在封建社会，男女地位不同，写女子的感情是专一的、期待的，而写男子的感情则是自由的、选择的，他们对很多美丽的女子都可以钟情。我个人以为，韦庄以男子的口吻写对女子的相思怀念，比其他的男子写这类相思爱恋之情表现得更为深挚，而且是不可替代的，这是韦庄词的一点特色。

现在简单地讲讲这几首小词。《谒金门》：“空相忆，无计得传消息。”他说我对这个女子是白白的忆念，不仅不可得见，而且连传递消息都不可能。他所怀念的女子是怎么样的一个人呢？杨湜《古今词话》中记载韦庄有一个非常宠爱的姬妾，不但容貌美丽，而且还可以通书翰。后来这个姬妾被王建召入禁中教导宫女而终未放回。夏承焘先生以为史籍记载王建相当礼敬其手下有能力的大臣，不会索取韦庄的姬。可是我以为这件事情不必定其有，也不必定其无，因为这件事情表面上看并不是夺取，而是叫她入宫负责教学，是有名义可以假托的。夏先生还说韦庄诗集中有许多首悼念亡姬之诗，我觉得这不应混为一谈，怀念生者和悼念死者是分明有别的，韦庄的这几首词是怀念生离，不是死别。“天上嫦娥人不识，寄书何处觅”：这个女子像天上嫦娥，凡人无缘相见，书信也不能寄达。从韦庄词中叙写的口吻来看，杨湜的记载是颇有可能的，他的离别是不得已的离别，而且是不得再交往的离别。“新睡觉来无力，不忍把君书迹。满院落花春寂寂，断肠芳草碧”，这里面似乎有一种可以体会而很难言传的感情存在其间。“不忍把君书迹”，“书迹”可能是那女子留下的以前的墨迹，“满院落花春寂寂，断肠芳草碧”则非常难讲，只能设身处地地去体会，满院落花寂寞无人，冯正中的词说“花前失却游春侣，独自寻芳，满目悲凉”，何况春光已去，人生苦短，离别何长，且韦庄怀念的女子还是相逢无日的。

《女冠子》：“四月十七，正是去年今日，别君时。”韦庄有的词写得很直接，难以再加阐发，但他真挚的感情却正是在这明白的叙写之中传达出来的。“四月十七”四个字虽简单，但表现的内容却极为深重，如果你有一个终生难忘的日子，那一定这个日子给你留下过重大的事件。古人在诗中写明日月的，《诗经》中就有“十月之交，朔日辛卯，日有食之，亦孔之丑”的句子，是记载灾难的事件。凡记日月都有重大事件，即如杜甫的《北征》：“皇帝二载秋，闰八月初吉。”他所记的是什么？安史乱中，他本来千辛万苦从沦陷区的长安冒死逃到凤翔，意欲把满腔的忠爱献给朝廷，而肃宗却赶走他，说是放假，要他回家去看望家人，所以他的“皇帝二载秋，闰八月初吉”有两层意思：一是记他的被放还鄜州省家；二是把“皇帝”二字放在开端，《春秋》记事有鲁隐公“元年春，王正月”，大一统也，杜甫尊重历法，也就是尊重这个王朝，因为当时安史之乱还未平定，有许多地方尚在叛军手中，所以杜甫这两句诗有很深沉的情意。可见凡是诗中标出年月日的一定是有重大事件发生。韦庄所写的是自己感情上的一大事件，而开头就用了“四月十七”，尽管什么都没说，但就其笔法来说，已是非常沉重。“正是去年今日，别君时”和“昨夜夜半，枕上分明梦见”的笔法一样，“正是”和“分明”都是极为确切不疑的口吻。用这种劲直真切的叙写来表现深重的感情，这也是韦庄词的一大特色。

再看韦庄的一首《天仙子》：“蟾彩霜华夜不分，天外鸿声枕上闻。”“蟾彩”是天上的月光，“霜华”是地上的月色。李白诗：“床前明月光，疑是地上霜。举头望明月，低头思故乡。”（《静夜思》）最难讲的诗，就是其所传达的便是其感发之本质的诗，原本原样地摆在你面前，这样的诗最难讲。如果他加上造作，加上辞采，加上他的逞才使气，你就还可以发挥，否则就无从发挥了。即如“床前明月光，疑是地上霜”，天上空明的月色，床前素洁的寒霜，是引起李白兴发感动的一刹那间的感受。“举头望明月”是引起感发的原因，等到引起感发之后，剩下的便是“低头思故乡”的情绪波澜了。“蟾彩霜华夜不分”写的也是天上的月光，地上的霜华，那一片空明、渺茫所引起的空虚寂寞的感觉，也是很难讲的。总而言之，是作者在一片凄寒中的心境。“天外鸿声枕上闻”，韦庄所写的是秋雁，听到鸿雁的鸣叫，就意识到节候的改变和岁月的推移，引起雁归人未归，雁来书未来的悲哀。“绣衾香冷懒重薰”，古人常用薰香来表现内心温馨芬芳的怀念之情，而“香冷懒重薰”则因为所怀之人的离去，使得过去缠绵悱恻的感情长久难以重温了。“人寂寂，叶纷纷”，夜深人寂，便听见秋叶的纷纷落地之声。“才睡依前梦见君”，长夜的相思怀念，使人难以入眠，而刚刚入睡就又梦见了相思怀念之人，“依前梦见”，可见是不止一次的梦见，以前就梦见过的，这种相思是从清醒到梦中都不改变的。

韦庄的词不仅把词这种歌筵酒席之间没有个性的艳歌发展成具有个性的主观的抒情诗，更可注意的是它所抒写的感情的深挚和专注，这是韦庄词的特色。他所写的虽也是男女之情，却有一种品格和操守，它可以从感情的本质上使人们得到一种品质上的提升，而不用寄托的含意和暗示，这种词的产生是五代时期词的又一步进展。

缪元朗、安易整理

3 第三章 论冯延巳词

第一讲　论冯延巳词之一

第二讲　论冯延巳词之二

第三讲　论冯延巳词之三

第四讲　温庭筠、韦庄、冯延巳三家词总论

第一讲

论冯延巳词之一

下面我们要讲的另一位词人是冯延巳，先把他的二首《鹊踏枝》读一遍：

谁道闲情抛弃久，每到春来，惆怅还依旧。日日花前常病酒，不辞镜里朱颜瘦。　　河畔青芜堤上柳，为问新愁，何事年年有。独立小桥风满袖，平林新月人归后。

梅落繁枝千万片，犹自多情，学雪随风转。昨夜笙歌容易散，酒醒添得愁无限。　　楼上春山寒四面，过尽征鸿，暮景烟深浅。一晌凭阑人不见，鲛绡掩泪思量遍。

关于冯正中的名有两种说法：一说名延己，又一说名延巳，但据夏承焘先生考证以为当作延巳，所据乃焦竑论释氏六时："可中时，巳也。正中时，午也。"古时以十二地支代表二十四个小时，巳时是在午时前的一个时辰，九至十一点是巳时，十一至十三点是午时，所以延巳则恰好到午时，而午时是正中之时，他名延巳，所以字正中。我自己的习惯也叫他延巳，因为他还有一个名叫延嗣，与延巳声音相同。可知其名延巳的可能性相当大。

任何一位作者都可能写出大半与一般作品相近似的作品，也往往能写出来最能代表他自己特色的一类作品。温飞卿的代表作是他的十四首《菩萨蛮》。韦庄的代表作也是《菩萨蛮》，不过那些直抒胸臆的小词同样也能代表韦庄的特色。至于冯延巳的词，最能代表其特色的则是十四首《鹊踏枝》。《鹊踏枝》别名《蝶恋花》，北宋初年的作者晏殊和欧阳修的词中有许多首《蝶恋花》，冯正中的《鹊踏枝》跟晏、欧的《蝶恋花》有许多在他们的词集中是互见的，唐圭璋先生写有《宋词互见考》，对这些互见的词的归属问题颇有研究。这种互见的现象之所以产生，乃因三人之作风有相似之处，不过他们也各有其特色。关于冯正中的词，后人有许多评论，晚清词人王鹏运刊刻了冯正中的词集《阳春集》，前面有词人冯煦写的序文。因为是同姓，冯煦非常推尊冯正中，常称“吾家正中翁”，说他“上翼二主，下启欧、晏”（《唐五代词选序》），既增强了南唐词风的影响，又为欧阳、大晏开启创作之途径，将冯正中树为中国词学发展史转折期的代表性作者。说他“上翼二主，下启欧、晏”，冯煦的话并非溢美之词，冯正中确是为词之发展奠定了基础，开拓了道路的重要作者。他何以显得如此之重要？我们把他和已经讲过的两位作者比较来看。温飞卿词本身的境界是不具个性的艳歌，尽管他有非常精美的物象，尽管他与美人芳草的传统有暗合之处，可以引起我们很多美感的联想，但却缺少主观的抒写，不易给读者直接的感动。韦庄词是具有鲜明个性的主观的抒情诗，其中有人，呼之欲出，是真正属于他自己的最真切、最深刻的感情的抒写，这是韦庄的成就。然而，韦庄的抒情诗与艳歌相对尽管是一种进步，但他所写的时间、地点、人物和情事都是分明的，因此也就有了他的局限，他所写的是感情的事件，他所写的悲哀愁苦，都往往被一时、一地所限。而人类的感情是多种多样的，有的感情像韦庄所写是为某一件事情而产生的，而另一种感情则是长存不去的。李商隐的诗：“荷叶生时春恨生，荷叶枯时秋恨成。深知身在情长在，怅望江头江水声。”（《暮秋独游曲江》）他说我的春恨，在荷叶生时萌生，在荷叶枯时成熟，只要身体存在一天，这种感情也就存在一天，就像那江头的流水源源不断。李商隐又有诗说：“怅望西溪水，潺湲奈尔何。”（《西溪》）“潺湲”二字不仅是说流水潺潺不竭，而且是水流之声，是缠绵婉转哀怨的声音，它的经久就如同那不断的、不消失的、不停止的、长存永在的感情。你一定会分辨出，有的人写的哀愁是短暂的、片刻之间的，是由某一件事情引起的哀愁，有的人写的哀愁是由他内心所涌现的长存永在的怅惘哀伤。冯正中与温飞卿、韦端己不同，他兼有飞卿的不受拘限和端己的直接感发。飞卿的词给人联想但不给人直接感动，端己的词虽是以直接叙写给人感动，却是有拘限的，是因某一件事而产生的感动。而冯正中的词则既有直接感发的力量，又没有事件的拘限，所以我以为冯正中的词所写的不是感情的事件，而是富有深厚感发力量的感情境界。最能代表他这一特色的就是这十四首《鹊踏枝》，历代词评家每评这十四首小词，他们的看法都很相近，冯煦评为"郁伊怆恍"，王鹏运评为"郁伊惝恍"，张尔田评为"幽咽惝恍"。"惝恍"二字是不大十分清楚、不大十分明白的意思，是说不能明言、不可确指；"郁伊"是沉绵郁结的意思；"幽咽"是一种被压抑的、非常沉痛的悲哀。所以冯正中所写的是一种不可明言，不可确指，非常沉郁悲哀的感情，是这样一种感情的意境。

我们现在就来讲他的一首《鹊踏枝》：

谁道闲情抛弃久，每到春来，惆怅还依旧。日日花前常病酒，不辞镜里朱颜瘦。　河畔青芜堤上柳，为问新愁，何事年年有。独立小桥风满袖，平林新月人归后。

我们上次讲韦庄的词，说陈廷焯对韦词的评语是"似直而纡，似达而郁"。冯正中的词也是沉绵郁结，但与韦庄又有什么不同呢？下边我们就要细加分析了。

首先要讲的是冯词的感情境界和韦词的感情事件不同，

其次讲传达叙写的方式有何不同。先从第一点来看，韦庄的词："四月十七，正是去年今日，别君时。"事件说得很清楚，是两人之间的分别。"天上嫦娥人不识，寄书何处觅……满院落花春寂寂，断肠芳草碧。"写得非常诚挚，感情的事件也很分明。而冯正中的开头一句是"谁道闲情抛弃久"，什么是"闲情"？就是最难摆脱的，是说你一清闲下来就会涌现在心头的那一种情思。魏文帝曹丕有一首四言诗《善哉行》，其中有几句说："高山有崖，林木有枝。忧来无方，人莫之知。"高山之上必有崖石，树林之中必有树枝，我心中的哀伤忧愁却不知来自何方，而且我这种感情也无法向人诉说。如果你是为了某一个事件而哀愁，你就可以分明地向别人诉说，可是有一种哀愁是连你都不能说明的，闲来就会涌上心头的，这是所谓"闲情"。这是两种本质不同的情绪，一种是暂时的，一种是永恒的，所以我说韦庄所写的是感情的事件，冯正中所写的是感情的境界。下面再来看传达方式上的不同。"谁道闲情抛弃久"，是说我曾经致力于抛弃闲情。冯正中的词，如按西洋的悲剧精神来说，他是晚唐词人最富悲剧精神的人物。悲剧的精神有两点特色，一是要奋斗挣扎的努力，二是要有知其不可为而为之的精神。冯正中的词不但表现了一种境界，而且还带有奋斗挣扎和知其不可为而为之的悲剧精神。王国维在《人间词话》中评温、韦、冯词时，各选了他们一句词来代表其特色说："'画屏金鹧鸪'，飞卿语也，其词品似之；'弦上黄莺语'，端己语也，其词品亦似之；正中词品，若欲于其词句中求之，则'和泪试严妆'殆近之欤。""和泪"是一种悲哀，"和泪试严妆"是说冯正中的词中对自己的感情有一种固执，有一种操守。"试"是努力尝试，是在和泪的悲哀之中也要保持严妆的美丽，这种知其不可为而为之的殉身无悔的精神正是正中词的特色。“严妆”是要对镜梳妆的，正中词中对他自己的奋斗、挣扎，对他自己的固执操守是知其不可为而为之，故而有一份反省自觉，是心甘情愿地作这一选择的。不管是对学问、对事业、对感情，如果遇到一次失败就不再干下去，那真是缺乏悲剧精神，屡次经过挫折，屡次地努力站起来而终于成功，固然最好，即使最后跌倒了不能再起来，也仍然可以得到人们的尊重。这首词开端所写的“谁道闲情抛弃久”，“闲情抛弃久”，是说经过一个长时期的挣扎努力，要将那闲情抛弃，而加上“谁道”二字，用反问句表示这竟未能做到，使“闲情抛弃久”的奋斗化为乌有。下面再继之以“每到春来，惆怅还依旧”，“每到”二字的口吻非常重要，只是一年的春天到来吗？只是今年的春天到来吗？不只是一年，不只是今年，而是每年，他所写的不是某一年的偶发事件，而是长久存在的一种情意。“谁道闲情抛弃久，每到春来，惆怅还依旧”，他所写的完全是自己盘旋郁结的感情的姿态。“闲情”二字值得注意，它没有具体的情事，是莫之为而为、莫之致而致的一种闲来就会涌上心头的情绪，由“闲情”说到“抛弃”，是一种挣扎的努力，是一种带有反省的挣扎的努力，是我在与自己的闲情奋斗抗争，所以说要将闲情抛弃。我们可以用韦庄的一句词作说明，韦庄词的“不忍把君书迹”，是说我不能忍受、负荷这种相思怀念的感情，因为一旦看到她的墨迹，那相思怀念的感情就会把我压倒。韦庄所写的是确指的伊人，而冯正中所写的是抛弃不掉的那一份闲情，是他不能负担得了的那一份闲情中的痛苦和悲哀。“闲情抛弃久”，是说他经过了长久的努力去抛弃闲情，然而他又在此句开端用了“谁道”二字，又完全把“闲情”打回来了。“谁道”者是没有料到之词，我以为已经把闲情抛弃了，谁想到我竟没有把闲情完全抛弃，这里有多层的转折，是经过挣扎而无法摆脱的感情。冯正中再下面写得更是盘旋郁结，“每到春来，惆怅还依旧”，是每到春天都有这样的惆怅，“闲情”是没有确指的，“惆怅”也是没有确指的。所谓“惆怅”者，我以为就是一种好像若有所追求，又若有所失落，是你精神的彷徨追寻而无所依托的感觉。冯正中所写的“每到春来，惆怅还依旧”，正是说他心中有一种无法具体言说的感觉，不是悲哀，不是忧愁，不是为某一个人，某一事件，而是经常处于这样一种若有所失落、若有所追寻的怅惘之中。这正是他感情的状态。

下面的“日日花前常病酒，不辞镜里朱颜瘦”：王国维一再强调“词之雅郑，在神不在貌”（《人间词话》），我们若只看外表，就只会看到它消极的内容，故而得考查其所传达的精神境界。花前为什么要病酒，可以分成几层来体会它的意思。李商隐的两句诗说：“纵使有花兼有月，可堪无酒又无人。”（《春日寄怀》）花与月是大自然的美好事物，酒与人是人世间的美好事物。纵然大自然有花有月，本来圆满，但因为既无酒又无人，却是缺陷，就因为这圆满与缺陷的对比，使本来圆满的也变成缺陷了。应该与什么人一起欣赏这花与月，李白的诗说：“花间一壶酒，独酌无相亲。举杯邀明月，对影成三人。”（《月下独酌》）花与酒是美好的，然而“独酌无相亲”却是人世的遗憾和悲哀，李白要挣扎起来，他“举杯邀明月，对影成三人”。诗人与词人的作品各有其独特的风格，就因为他们各自对人生的态度是不一样的，李商隐沉没于悲哀之中，而李白虽有悲哀寂寞的一面，却又有飞扬腾跃的一面。杜甫也写过两句诗说："竹叶于人既无分，菊花从此不须开。"（《九日五首》）竹叶指酒，有花必要有酒来酬答，就是说必须用美酒来表示对花的喜悦和爱护之意，这是为什么有花必须有酒的原因。为什么有花有酒而非得到"病酒"的程度？杜甫的《曲江二首》有句云："一片花飞减却春，风飘万点正愁人。且看欲尽花经眼，莫厌伤多酒入唇。""一片花飞减却春"：一般人的感觉迟钝，要看到很多花都落了才知道春天已经过去，而杜甫却只从一片花瓣的飘落便意识到了春天不再完美，那是对春天何等真挚的爱情，何等严格的要求，仅是看到春光的渐减，就有此感觉，又怎么能有心面对那风飘万点的落红。最后，杜甫以"且看欲尽花经眼，莫厌伤多酒入唇"的对句推进感情，一般人写对句感情是平行的，而杜甫的这一对句是渐进的。"经眼"是形容花期之短暂，如过眼烟云。"欲尽"则言残红，从"一片花飞""风飘万点"到"欲尽"的残红，是美好生命的消亡，是一个非常令人痛心的过程。看得不多、看得不久，故谓"且看"，"且"是姑且、暂且，是对花开花落的无可奈何，无法忍受这种美好的爱情，也无法忍受这凋零的深重悲哀，所以我才要喝酒，"伤多"是说已经沉醉，"厌"是厌倦推辞，你不要说酒已经喝得很多了而加以推辞，因为有对"经眼"之花那么深挚的爱惜，有对"欲尽"之花那么深重的悲哀，所以杜甫说"且看欲尽花经眼，莫厌伤多酒入唇"。这正是为什么要在花前醉酒的缘故。我之所以讲这样多首诗，是因为很难说明为什么冯正中要"日日花前常病酒”，正是对花这种美好生命的珍重爱惜，和对这种无常生命的哀惋，使这两种复杂感情的无可奈何于此达到极点。“不辞镜里朱颜瘦”：“朱颜瘦”是人之生命在这种感伤之中的消损，“镜里”则带有明显的自我觉悟，“不辞”则要坚定地将感情投入其中而不逃避，是明知要殉身消损也要努力为之。这是冯正中的感情的境界，而不是感情的事件，它没有人物、时间、地点，感情缠绵郁结而不知其何所指，所以有人评他的词是“郁伊怆怳”“幽咽惝恍”。“郁伊”“幽咽”是说他这样缠绵郁结，“怆怳”“惝恍”是说他的感情的不可确指，只是一片迷茫的悲哀怅惘。可以说他在前半首完全是以赋笔直接叙写感情的境界，不是一样使人感动吗？何必一定得用比兴呢？特别强调比兴不一定都能收到好的效果，赋的叙写也是很重要的，而且有的诗尽管完全用比兴，却也不能避免用赋笔来叙写，感发的力量都需从叙述的口吻、文字的结合之中传达出来。

可是冯正中并没有完全停止在赋笔，下半首的开端是很妙的一句：“河畔青芜堤上柳”，上半首全写情，至此才有一句完全写景的句子。有人评说陶渊明的诗，说他没有一句是完全写景的。“采菊东篱下，悠然见南山，山气日夕佳，飞鸟相与还。”这难道不是写景吗？但陶渊明写的又何尝是景。他虽然也写了篱下的菊花、南山的飞鸟，但是“此中有真意”，实在才是他要写的东西。所以过去的批评家说陶诗中的所有景语皆是情语，我们要说像陶渊明这样的诗人，根本就是以他的感情、思想取胜的作者，陶渊明所要写的原就是他心灵意念的活动，自然不会只是单纯地写景，真正的抒情诗就是如此，应该是一切景语皆是情语。晚清著名的词评家况周颐在其《蕙风词话》中也曾云："吾听风雨，吾览江山，常觉风雨江山外有万不得已者在。"他所谓"不得已"，也是指内心中的一种感动。冯正中这一句"河畔青芜堤上柳"七字是承上启下，意兼比兴的，使上、下阕的过渡在若断若续之间，上半阕所写的难以抛弃的"闲情"及还依旧的"惆怅"都在这七个字之中得到了具体的呈现。萋萋芳草再加上千丝万缕的柳条，惆怅的增长也正如此之纷杂。贺铸的词曾说："若问闲情都几许，一川烟草，满城风絮，梅子黄时雨。"（《青玉案》"凌波不过横塘路"）惆怅的增长，闲情的难弃都与此有关。而后面的新愁年年有也正由此而来，"河畔青芜堤上柳"即是引起新愁的感发因素，而这也是有悠久的传统的。古诗《饮马长城窟行》："青青河边草，绵绵思远道。远道不可思，夙昔梦见之。"是因为看见河畔的青草引起来她对远人的怀念。唐人的诗句："闺中少妇不知愁，春日凝妆上翠楼。忽见陌头杨柳色，悔教夫婿觅封侯。"（《闺怨》）也是因为看见陌头的杨柳引起来她对远人的思念。"为问新愁，何事年年有"是说我的新愁随着那河畔的青草与堤上的杨柳一样年年长起来。然而冯正中又没有简单地把忧愁的增加和青芜杨柳的生长等同起来，他没有用肯定的话来说，而是用了一个反问句："为问新愁，何事年年有"？"为问""何事"四个字与前面的"谁道闲情抛弃久"一句的口气连贯下来，代表着他持久的反省和挣扎，更见其"闲情""惆怅""新愁"之无法断绝、之不能自已，但又不能明白指出何人何事，这正表现了冯正中的特色，使你读了他的作品只觉得那么一大片缠绵郁结的感情将你笼罩住，却又完全不能指说。

结尾两句是“独立小桥风满袖，平林新月人归后”，表面上没有写感情的一个字，只是客观地把一个感情背景呈现在你面前，没有再提“闲情”“惆怅”“新愁”，而只说“独立小桥”。“桥”是供人通行的，给人过路的，不是可以居住的，不是可以停留的，桥上四无遮蔽，寒风四袭，那你为什么要立在桥头上不走，而且是“独立”，他独立了多久？是一直独立到“平林新月人归后”，是新升起的月亮到了树林的梢头，所有的行人都归家之后。清人黄仲则写有“为谁风露立中宵”（《绮怀十六首》）的诗句，“风满袖”也就是立于风露之中，黄仲则还有两句诗“独立市桥人不识，一星如月看多时”（《癸巳除夕偶成》），也是一种难以解脱的孤独寒冷的景况。现在我们要讲什么是“新月”，上次讲韦庄的“残月出门时”，对“残月”有两种解释，即低沉和残缺的月亮。早晨西沉的月必是残缺的月，而“新月”则是入夜后新升起来的，而且是没有残缺的，将圆未圆的月。这两种情况是合一的。也就是说凡是早晨西沉的月必是残缺的月，而凡是黄昏时最先看到的月亮一定是新的月牙。这首词的“独立小桥风满袖，平林新月人归后”两句全不写感情，而每一个环境的景象之中都暗示了他的孤独、寒冷和寂寞。他前面所写的“闲情”“惆怅”“新愁”都凝聚在这两句之中了，而且是无可排解的。所以他才久久地伫立于桥头之上，任凭寒风吹满双袖，一直到月亮升起，行人归尽。

冯煦曾在《阳春集序》中这样评论冯正中：

> 翁俯仰身世，所怀万端，缪悠其辞，若显若晦，揆之六义，比兴为多。若《三台令》《归国谣》《蝶

恋花》（即《鹊踏枝》——编者注）诸作，其旨隐，其词微，类劳人思妇、羁臣屏子，郁伊怆怳之所为。

又云：

周师南侵，国势岌岌，中主既昧本图，汶暗不自强……翁负其才略，不能有所匡救，危苦烦乱之中，郁不自达者，一于词发之。

冯煦还说冯正中的词是“上翼二主，下启欧、晏”。以前我们曾提到词集《花间集》，而南唐的作者中主李璟、后主李煜和冯延巳的作品均不在其中，王国维认为其所以没有收入的原因，是因为南唐作者的作品和《花间集》中作品的风格不同。他的这一论断是错误的。龙榆生先生在编《唐宋名家词选》时就曾提出来说《花间集》之所以没有收入南唐词人的作品，并不是因为风格不同，而是因为时代和道里（地域）不相及。总之，我以为南唐作者与《花间集》作者的不同在于：南唐作者的词作更富于诗人兴发感动的质素。一般说来，《花间集》所写的闺阁园亭、男女相思是比较落实的，而南唐中主、后主和正中的词则更富有诗意，更能以感情触引你的感发，这是非常值得重视的一点，也是词史之一大演进。王国维曾经说过：“南唐中主词‘菡萏香销翠叶残，西风愁起绿波间’，大有众芳芜秽、美人迟暮之感。”又曾说“后主则俨有释迦、基督担荷人类罪恶之意”（《人间词话》），还曾举冯延巳的词句“百草千花寒食路，香车系在谁家树”，认为有诗人“忧世”之心。凡此种种，都是读词时的一种感发。李后主的词“春花秋月何时了，往事知多少”（《虞美人》）、“胭脂泪，相留醉，几时重？自是人生长恨水长东”（《相见欢》），感发的力量都是直接的、强烈的，冯正中的感情也是如此，但他的感情的姿态与中主、后主是不同的。总之，南唐词的特色，就在于能够带着直接的兴发感动的力量造成一种意境，这种特色是词的一大演进，这种质素影响到北宋初年的大晏和欧阳，正因为如此，所以冯煦才说正中的词是“上翼二主，下启欧、晏”。

他们三人的风格有相近似的地方，词也多有互见，但实际上，他们词的风格也是有差别的，晏殊常表现有一种圆融的哲理的观照，欧阳修的词则富于遣玩的意兴，他们都不像冯延巳一直沉溺在感情的盘旋郁结之中，而是时有飞扬之致。冯正中的词之所以写得“郁伊惝恍”，是与其本身的性格和所处的环境有密切关系的。就每个人而言，外在的环境和遭遇，并不是每个人可以选择和掌握的，但是每个人对环境遭遇的反应则是自己可以掌握的。古今的诗人、词人之所以表现出不同的风格，就是因为当他们在遭到忧苦患难的噩运时所取的面对忧患的态度不同。苏东坡所写的“莫听穿林打叶声，何妨吟啸且徐行”（《定风波》），这就是苏东坡之所以为苏东坡；“花间一壶酒，独坐无相亲。举杯邀明月，对影成三人”，这就是李太白之所以为李太白。个人的遭遇是不可避免的，而所采取的态度则是自己可以掌握的。冯正中的词是自己的内在天性与外在遭遇的结合，他的遭遇有注定不幸的一面，我们以前就讲到过冯正中的词表现了悲剧的感情和精神，他有一种挣扎、坚持、固执的感情和精神，他本身的经历也是一个悲剧性的过程。他一生下来就与一个偏安的弱小的国家结下了不可分离的命运。冯正中是广陵人，他的父亲冯令頵在南唐烈祖李昪时曾官至吏部尚书，因为这个关系，当正中二十余岁时，以白衣见烈祖，烈祖欣赏他有才学，多伎艺，辩说纵横，便起为秘书郎，与李璟（后来的南唐中主）交游。李璟比冯正中小十几岁，李璟初封吴王，又改封齐王，冯正中一直在其府中为掌书记，因此和李璟有了极密切的关系。南唐偏安江南，在五代十国纷争的战乱中，不发愤图强的话，只能是坐待消亡。在夏承焘先生所编的《唐宋词人年谱》中曾讲到这些历史背景。由于对政局的看法不一，南唐一直存在着党争，当时主战派曾经发动过伐闽、伐楚两次战争。本来在烈祖李昪时就有过对战争的争议，中主李璟即位后，冯正中就做了宰相。正中的异母弟冯延鲁急于邀功升官，正中曾经劝阻他不要以不正当的手段追求仕进，但冯延鲁不听，结果由冯延鲁指挥的伐闽战争失败，冯正中被牵涉罢相，出任抚州节度使，抚州治在今江西临川附近六县之地。(晏、欧的作风之所以与冯正中相似，除去某些条件的相近似之外，还有一个重要原因就在于冯正中任抚州节度使达三年之久，晏、欧二人都是江西人，而且晏殊恰好还又是临川人，冯正中当时作的歌词一定有所流传，晏殊的传记就曾记载他特别喜爱冯正中的词，而欧阳修的年辈又是晏殊的门下，所以晏、欧的词都受到冯正中的影响。）后来冯正中服母丧去职，复出后又做了宰相。本来在冯正中任抚州节度使时，南唐曾又发动伐楚战争，最初曾一度获胜，而后来由于处理不当和战将的背叛遭到失败，丢失了获胜时占得的楚国疆土，冯正中第二次被罢相。南唐对外的两次战争既然都以失败告终，于是自然便一步一步地更走向了败亡的道路。冯正中临终前的几年，南唐已经丢掉了自己的国号，而尊奉了后周。所以冯正中是亲眼看到了南唐从开国到消亡的全过程的，这正是冯煦所说的“周师南侵，国势岌岌……翁负其才略，不能有所匡救”。冯正中自己认为是有才干可以扭转乾坤的，却不能不忍受这国家日渐消亡的剧痛，而他内心之中这种巨大的负荷，又因为朝廷上敌对党人的诽谤而更加沉重。我们不必去深究冯正中的词是否有心要写寄托，我们更不必指实他的每一首词是写的什么具体事件，只是说一个心情中有如此沉重复杂的负担的人，自然有这种沉郁的不能表达的一份感情，所以说“翁俯仰身世，所怀万端”，“郁不自达者，一于词发之”。正因为他无法摆脱和南唐这种根深蒂固的关系，心中有万种感情，所以“缪悠其辞”——“缪悠”是恍惚的、不可明言的、沉郁而不能自达的；“若显若晦”——他的词表面上看并不难懂，好像是“显”，可你要实指，却什么也指实不到，所以又是“晦”；“揆之六义，比兴为多”——这与我前面说的好像是有冲突，因为我曾说他所用的都是赋笔，不过我也曾说明过比兴有几层意思，一是作法上的比兴，二是指作品在表面一层意思之外还有暗示的另一层意思，冯正中的词就是常能引起读者有另一层意思之联想的，所以有不少人认为他的词有“比兴”的托喻之意。

中国香港的一位学者饶宗颐写有《〈人间词话〉平议》，他对冯正中的几首主要的《鹊踏枝》词都曾做过评说，认为“不辞镜里朱颜瘦”一句是“鞠躬尽瘁，具见开济老臣怀抱”；又以为“为问新愁，何事年年有”，是“进退亦忧之义”；更以为“独立小桥”二句，是“岂当群飞刺天之时而能自保其贞固，其初罢相后之作乎”？还有另一首“惊残好梦”，饶氏以为“似悔讨闽兵败之役”；又以为“谁把钿筝移玉柱”，是“叹旋转乾坤之无人矣”。总之，饶先生按当时的政治背景给这些词都分别加了按语。饶先生对“不辞镜里朱颜瘦”一句所提出的“具见开济老臣怀抱”的说法，是结合了冯正中与南唐王朝的密切关系而言的。什么叫“开济”？那是杜甫咏诸葛亮的诗：“三顾频烦天下计，两朝开济老臣心。”（《蜀相》）“开”是开国，“济”是挽救危亡，是从国家的开始奠基直至眼看着国家危亡要去挽救，一个人和国家结合了这样密切的关系，自然会有一种“知其不可而为之”的为挽救国家而殉身无悔的感情，也就是我以前所提到的在冯正中身上所存在的悲剧精神，尽管南唐的国势是无法挽救的，但作为一个老臣又怎么能不尽力挽救呢？我们并不是要将他的词一定比附什么事实，而是说把他的性格和身世结合起来看会有这样复杂的感情。近代学者张尔田《曼陀罗寱词序》也曾说：“正中身仕偏朝，知时不可为，所为《蝶恋花》诸阕，幽咽惝恍，如醉如迷，此皆贤人君子不得志发愤之所为作也。”饶宗颐还说过：“余诵正中词，觉有一股莽莽苍苍之气，《鹊踏枝》数首尤极沉郁顿挫。”这些评语都是极能掌握冯词特色的有见之言。最后我想附带说明一个问题，这就是“谁道闲情抛弃久”这首词也见于欧阳修的词集的问题。时至今日，还有部分学者坚持认为这首词是欧阳的作品，但大多数人都认为这首词是冯正中的作品，因为他所表达的缠绵郁结的感情是和冯正中的感情相同，而与欧阳修的风格不十分近似的。像刚才所举的张惠言、饶宗颐、张尔田诸人就都认为这首《鹊踏枝》是冯正中的作品。

第二讲

论冯延巳词之二

下面我们要讲的另一首《鹊踏枝》则是没有出现在其他人词集中的，绝对是冯正中的作品：

> 梅落繁枝千万片，犹自多情，学雪随风转。昨夜笙歌容易散，酒醒添得愁无限。　　楼上春山寒四面，过尽征鸿，暮景烟深浅。一晌凭阑人

不见，鲛绡掩泪思量遍。

我有时讲得特别详细，是因为词这种体式毕竟有其特殊之处，它和诗有所不同，因为诗一般都有题目，说明得很清楚，而且内容方面广，有多种不同的主题和内容，可是词一般都写伤春怨别，内容都差不多，其间的分别是微妙的，不容易辨别的。试拿这首词来讲，“梅落繁枝千万片，犹自多情，学雪随风转”，表面看来这根本不用讲，都是明白的字句，而且跟别人的诗词也有相近似的地方，“梅落繁枝千万片”和杜甫的《曲江二首》的“风飘万点正愁人”颇为相近，“学雪随风转”和李后主的“砌下落梅如雪乱”（《清平乐》）也颇有相近似的地方，第一句同是写花飘千万片的零落，第二句同是写落花之如雪，然而在传达情感的质量和姿态上却实在有很大不同。先看这首词第一句“梅落繁枝千万片”。“梅”是一种美丽高洁的花，“落”是花的凋零飘飞，但他不只是说梅落，而是说所有枝头上繁茂的梅花都零落了，“梅落”是一般的写法，加上“繁枝”则是深化的写法，是言其凋零的数量之众，所以他又写飘落的花瓣是“千万片”。冯正中的词沉郁的感情分量是沉重和深厚的，“犹自多情”，“多情”二字用得好，“犹自”二字则使其好上加好了，这都是正中词盘旋沉郁的地方。梅花已经凋谢而不甘心零落，就在飞下来的时候还是这样多情，这正是冯正中性格的表现，他“日日花前常病酒”都“不辞镜里朱颜瘦”，饶宗颐说是“鞠躬尽瘁，具见开济老臣怀抱”，是知其不可为而为之，是到他零落之时都不肯放弃的感情。所以我们不管他写的是什么，无论是“病酒”还是“落梅”，都传达的是他对待人生的感情的态度，不管爱的是国家，还是事业、学问，总之是一种执着的鞠躬尽瘁的精神，这是冯正中词表现出来的一种境界。到了千万片零落时尚“犹自多情”，这还不够，他说是“学雪随风转”，是在那零落飞下的瞬间也要显现出美丽的姿态，要学那雪花轻盈地在空中回旋起舞。“学雪随风转”，按照修辞学来说是拟人化，其实花没有感情，没有思想，没有主见，它无所谓学与不学，说它有学的意思，是把它看作有人格、有思想、有主观意志的，所以它才去“学”。然而说梅花学习是一种拟比的写法，却仍非这首词的最妙之处，它的妙处在于它传达的一份感情，所以李后主“砌下落梅如雪乱”也是写的落梅的众多，而冯正中的“学雪随风转”则具体表现了“犹自多情”四个字蕴含的面对无情之殒落所不甘丧失的美好的资质。这三句全从落梅写起，其间没有一件写人事，但却传达了人之感受。后面才写到了人事，是“昨夜笙歌容易散”，笙歌离得很远了吗？是十年，抑或二十年，都不是。苏轼有悼亡诗云“十年生死两茫茫”（《江城子》），因为是十年生死的隔绝，有十年的长久。而现在冯正中所写的不是十年的长久，而就是昨夜的笙歌，仅有一夜之隔也如同十年一样，只要一件事过去了，就一去不返，永不再回，无常的消失都是短暂的，即便是昨夜的笙歌也长逝永没了，这才是可怕的不可挽回的事情。对于消逝的哀伤和惋惜，冯正中就用这么平常的几个字深刻地表现出来了，晏小山有两句词说“春梦秋云，聚散真容易”（《蝶恋花》），那人生美好的往事如春天的一场梦，秋空的一朵云，匆匆地消失了。所以冯正中接着写的是“酒醒添得愁无限”，今日酒醒之后便增添了许多哀愁，因为昨日的笙歌已经完全无存了。晏小山的一句词“梦后楼台高锁，酒醒帘幕低垂”（《临江仙》），同是酒醒之后什么也不存在了。然而晏小山的这首词跟冯正中的词又有一点不同，晏小山上半阕写得很好，而下半阕则把这种惆怅的感情指实了。往事消失，酒醒之后唯有那高锁的楼台，低垂的帘幕，他那梦中的往事是什么？他说是："记得小蘋初见，两重心字罗衣。琵琶弦上说相思，当时明月在，曾照彩云归。"词很美，但却落到了对一个现实形象的怀念之中。冯正中词与晏小山词不同，和韦端己词也不同，就是因为他不作这样落实的叙写，而且这两句词与前面的"梅落繁枝千万片，犹自多情，学雪随风转"结合在一起的时候，繁花之易落与笙歌之易散相互衬映，便产生了兴发感动的作用，就变成了一种感情的基本姿态。因为他说"梅落繁枝千万片，犹自多情，学雪随风转"写的不是简单的人事，而是以落梅拟人化的感情表现出他对待人生用情的基本形态。"昨夜笙歌容易散，酒醒添得愁无限"则将这种执着缠绵的态度提升起来，达到了更高层次，使"昨夜笙歌"现实的人事和"梅落繁枝"这花的形象都有了象喻的意味，那欢乐和美好的事情都这般的无情和短暂，也就不是仅指昨夜笙歌和繁枝落梅了，而是有了除此之外更深更广的意蕴了。词人和诗人本身并不一定有这样的觉悟，但这却是诗词的微妙之处，作诗写词是自己都做不得主张的事情，冯正中所以写出这样深刻的词来，也是他自己的性格、身世和南唐的国势种种历史及环境因素结合而产生的结果。就冯正中自己而言，他的身世和经历本身是一件非常痛苦和不幸的事，然而有许多最美好的东西却都是在不幸和痛苦中成全的，只要一个人有美好的品质，在挫折失败之中都可以磨炼出光彩。我要说明的是冯正中是从磨难的不幸中加深着对人生的体认，也深化着自己的作品的。

下半阕的开端："楼上春山寒四面，过尽征鸿，暮景烟深浅。"我在讲上首《鹊踏枝》的"河畔青芜堤上柳"时，不是说他写景兼有比兴之意么，我也曾经举了有人批评陶渊明的诗凡是景语皆是情语，可见凡是内心非常敏锐，有深厚感情的人，他对自然界景物的感受一定有深刻、悠远的意味，冯正中的"楼上春山寒四面"就是有"深意"的。第一是"楼上"，第二是"春山"，第三是"寒"，不仅是寒，而且是来自四面之寒，每一个字都在起着作用。"楼上"是不平凡的地方，王国维在讲到成大事业大学问的第一种境界便是"昨夜西风凋碧树，独上高楼，望尽天涯路"。古人常常"登高作赋"，是登高远望之时心中更有深远的怀思之情。他在楼上看到的是"春山寒四面"，楼上本已是高处不胜寒了，更何况春寒料峭，四面的春山都散发出逼人的寒意，站在楼上久久凝望，而四围入目者尽是寒冷的春山，则作者的身心无不在孤寂凄寒的包围之中了。《古诗十九首》有句云："东城高且长，逶迤自相属。"《古诗十九首》的每一首都带着深远的感兴和丰富的含意，诗人为什么要去写这又高又长、连绵不断的城墙？就因为他被这一份分离隔绝的感觉所触动。诗人如此写，尽管他对自己何以如此写没有清楚的理智的认识，却在感受上有着敏感。冯正中写词有"风乍起，吹皱一池春水"之句，南唐中主李璟就曾问过他："'吹皱一池春水'，干卿何事？"微妙的是这些诗人词人把这些短暂感情的触动写了下来，而且还触动着千百年以后的读者，这便是中国诗歌之妙处。欧阳修的一首词写道："平芜尽处是春山，行人更在春山外。"（《踏莎行》"候馆梅残"）他说我看见平原的草地的尽头处是春山，而我所怀念的行人则还远在春山之外。中国的诗人词人之所以养成这么敏锐的感受，古人的那些诗话词话之所以能掌握前人那些精华的最微妙的感觉，就因为他们彼此之间有共同熟悉的感受和联想。正因为有此联想，冯正中写“楼上春山”也正是由于在楼上凝望之时被春山所阻隔，凝望是第一层感觉，春山的隔阻是第二层感觉，先有望远之情才有春山之隔。冯正中说“楼上春山寒四面”，不是偶然的，是他对人生的一贯态度。上一首词里他写有“独立小桥风满袖”的句子，同样孤独地抵御着四面吹来的寒风，而且在寒冷中，冯正中从来不逃避，所以他又写道“过尽征鸿，暮景烟深浅”，表现了他在高楼上凝望之久。“征鸿”在我们讲温词时讲过，“江上柳如烟，雁飞残月天”，也引过李清照的“雁字回时，月满西楼”。鸿雁排成人字飞行，而且可以传书，代表了多种相思怀念的感情，而且“征”字给人漂泊已久的感觉。词人满怀希望地久久瞻望，所有的征鸿都飞过去了，没有一只停留下来，此时冯正中所要传达的感受便与温飞卿所写的“过尽千帆皆不是”一样，其心中的怅惘哀伤可以想象。现在我们得注意这首词的层次，当他说“梅落繁枝千万片，犹自多情，学雪随风转”，把景色写得这样清楚的时候，应该是白天；那“昨夜笙歌容易散，酒醒添得愁无限”，从昨夜笙歌到今朝的酒醒该不是很晚的时候，可是当他说“过尽征鸿，暮景烟深浅”，那已经是日落之时，这里于暗中交待出他在楼上伫立凝望的时间之久。到了黄昏，“苍然暮色，自远而至”，有一道题名为李白的小词写道：“暝色入高楼，有人楼上愁。”暮色笼罩，到处都烟霭迷濛，一切都模糊不清了。“烟深浅”三字写暮景，描述出远浓近浅，暮霭迷蒙的画面，从而使一种如醉如迷的感情溢于言表。至于这种能保使词人在楼上久久凝望而不愿意离去的感情之源，则正是结尾二句的“一晌凭阑人不见，鲛绡掩泪思量遍”。“一晌”二字，据张相《诗词曲语辞汇释》解释为指示时间之辞，有指多时者，有指暂时者，引秦少游《满路花》词之“未知安否，一向无消息”，乃是“许久”之意，又引冯正中“一晌凭阑”，以为是“霎时”之意。我不同意他对冯正中这一首词中的“一晌”的解释，如果说“短暂”之意，晏殊的“一向年光有限身”是说短暂的年华和有限的人生，这个“一向”可能是短暂的意思，还有李后主的“一晌贪欢”也该是短暂之意。可是冯正中的“一晌凭阑人不见”之“一晌”绝不是短暂的意思，从“梅落繁枝千万片”写起，到“楼上春山寒四面”的凝望，一直到“过尽征鸿”，这是多么长久的时间，多么长久的凝望，多么长久的伫立，怎么会是“霎时”的意思呢？所以我不同意张相将冯正中这“一晌凭阑”之“一晌”解释为“霎时”之意，这不是我一定要这样讲，而是冯正中的词本身表现了这么长的时间，这是无法抹杀的。我长久地等待却没有见到我所怀念的那个人，不过冯正中所写的并不是确实的人物，这里虽有一个“人”字出现了，但他所说的这个人是谁呢？韦庄词中的人可以让我们猜测到“红楼别夜”的美人，或者是被王建召入宫中的姬妾，而冯正中的妙处则是尽管他说出“人”来，却可能仍不是实指的人，而是他心中一份长存永在的相思怀念的感情。他所怀念的是什么？以前有人批评《古诗十九首》中的“西北有高楼”一首，说这首诗中传达的感情是“空中送情，知向谁是”，他有一份感情，他希望这份感情有一个投注和收获，但是不可得，他一直为一种惆怅之情所控制，他不是说

"每到春来，惆怅还依旧"吗，所以他说的这个"人"根本没有办法实指。他所盼望的"人"在宇宙天地之间是否实有，我们不需要知道。总之，他有一种期待、怀思、怅惘的感情，这种感情正是使他在春山四面之凄寒与暮烟远近之溟漠中凭栏久望的缘故。最末句"鲛绡掩泪思量遍"，"绡"是丝织品中最薄、最柔细、最透明的品种，传说中海里有一种鲛人，一半像鱼，一半像人，它可以织出五色的丝织品来，是为"鲛绡"。吴文英有词云："海烟沉处倒残霞，一抒鲛绡和泪织。"（《玉楼春》）中国古代诗人说到"鲛绡"时有一种共同的感受，我们先说纺织。女子的纺织代表着一种非常织细绵密的感情，所以鲛人的纺织本身就有一种多情的意味在里面，而鲛人的传说更有一点动人之处，那就是它不仅能纺织出五彩的鲛绡，它还可以滴泪化作粒粒美丽的珍珠。词人们写"鲛绡"时就是带着这么多背景和联想写出来的。我们现在才能体会到冯正中的"鲛绡掩泪"所传达出来的是多么深厚的感情，因为"鲛绡"二字包含有这么多情的传说，而他就是用那个会泣泪成珠的鲛人所织的绡巾来擦拭着他的泪痕，他为什么用"掩泪"而不用"拭泪"呢？"掩""拭"二字都为仄声，平仄并不违背词的格律，因为"拭"字写得比较落实，擦干了就完了，而"掩"字是女子一种缓慢多情温柔持久的姿态。"鲛绡掩泪思量遍"，是说尽管我所期待的人一直没有出现，但我的思量却是无尽无休的，这正体现了冯正中词缠绵郁结的感情特色的本质，我们不需要把它比附南唐的政治，更不需要把它比附什么现实的本事，这仅是表现了作者所特具的一种感情的本质，而冯正中之所以具有这种本质，正是由于他本身的性格和后天的遭遇两方面所合成的。

第三讲

论冯延巳词之三

在晚唐五代词人的作品中，我最喜欢冯正中的词，但是由于时间的关系，我们不能讲得太多，现在要掌握时间来讲他的另外一种风格。我曾提到过冯煦对冯正中的“上翼二主，下启欧、晏”的批评，“上翼二主”，到讲李后主时再加以归纳，而“下启欧、晏”这方面的风格则须现在加以阐释。词这种体式之所以能用这样的微篇小物来传达深微幽远的心灵感情的境界，这种最好的品质是在冯正中手中完成并影响及于后世的。温飞卿有他的特色，可是温词不脱离艳歌的体式；韦端已将艳歌转变为抒情诗，然而韦词却有人物和情事的局限，所写的只是感情的事件；而冯正中所写的却是一种感情的意境，这种作风影响到北宋初年的作者，特别重要的是晏殊和欧阳修二人。他们三人各有不同的地方，但也有相似的地方，冯正中词本身的两种不同的风格正影响了晏欧两人词风的不同，所以有人认为是“晏同叔得其俊，欧阳永叔得其深”。其实，晏同叔不仅得到了冯正中“俊”的一面，他于此之外还另有开拓；同样地，欧阳永叔也不仅得到了“深”的一面，他于“深”之外另有自己的拓展。今天我们要讲的是冯正中的哪些词为“俊”，哪些词是“深”。过去我们所讲的两首《鹊踏枝》是属于冯正中的“深”的一面的作品，那种缠绵固执深厚的情意我们应该已有所体认了。而代表冯正中“俊”的一面的，我们将选他的两首“抛球乐”来讲。什么叫作“俊”？“俊”不仅是外貌形体的美，而且是一种精神姿态活泼伶俐的另外一种美，是属于才智的有吸引力的美。现在看第一首《抛球乐》：

逐胜归来雨未晴，楼前风重草烟轻。谷莺语软花边过，水调声长醉里听。款举金觥劝，谁是当筵最有情。

现在你可以知道何为“俊”、何为“深”了。冯正中所写的那两首《鹊踏枝》词，从第一句开始的“谁道闲情抛弃久”，就是盘旋郁结千回百转的感情，而“梅落繁枝千万片”又是多么沉痛的哀悼，这正是冯正中的“深”的一面。而你看他的这一首《抛球乐》词却风姿潇洒，自有轻灵俊美之姿，而于飘逸洒脱之中又不失沉重、深厚。大晏得到这轻灵俊美的一面，而沉重深厚的一面则较之稍逊。“逐胜归来雨未晴”，不但轻灵，而且清淡，清淡中又含沉痛。什么叫“逐胜”？游山玩水叫访胜，看到一个风景点说它有胜景，欣赏美好的东西叫胜赏，可知“胜”是最美好的东西；“逐胜”指的是于万紫千红春光明媚之时，宝马香车大家竞相出去游春之事。但冯正中所写出的情事却实在并不只是游春逐胜之事而已。冯正中常写欢乐之中反衬的寂寞，既如前面所讲过的《鹊踏枝》词“昨夜笙歌容易散，酒醒添得愁无限”，还有冯正中一首《采桑子》词的“独自寻芳，满目悲凉，纵有笙歌亦断肠”，他写了“笙歌”“寻芳”，他也写了“悲凉”“断肠”和无限的哀愁，这正是王国维所提出的冯正中词的“和泪试严妆”的特色。而从他这首“逐胜”写起的小词，也同样有感情的沉郁盘旋。“逐胜归来雨未晴”，可见他是参与了那万紫千红的宝马香车的逐胜的，而“雨未晴”者则是天上仍下着雨没有放晴，可见他刚才的逐胜是雨中出游。为什么下雨还要去游春？辛稼轩的词曾说“莫避春阴上马迟，春来未有不阴时”（《鹧鸪天》），你如果一定要等风和日丽才出去，而人生有几天是风和日丽的，所以即使是在阴雨连绵的时候也要出去，才能看到最好的东西。赏花是如此，做人做学问也是如此的。所以雨中逐胜就有了一种混合的情感。“雨未晴”，“未晴”是有晴的希望，表明这种雨是春天的细雨，是“沾衣欲湿杏花雨”（志南《绝句》）的那种特有的江南春雨。“楼前风重草烟轻”，风渐渐大了，那轻萦于草上的如烟的雾气缓缓地飘动着，这是对自然景物很细微的分辨，而在将晴未晴之间，烟在似有若无之中。冯正中这首词写得“似醉如迷”，很善于表现迷茫的景色。“逐胜归来雨未晴，楼前风重草烟轻”，真使人想要问他“干卿何事”，可是他之所以写出来，就正因为“楼前风重草烟轻”对他有所触动。柳永的词说“草色烟光残照里，无言谁会凭阑意”，“草色烟光”与柳永有何相干？“风重草烟轻”和冯正中有何相干？而诗人和词人之所以为诗人和词人，就正因为他们对各种事物比别人多一份敏感。特别要注意冯正中的这种感受产生于“逐胜”归来之后，就是在经历了那种胜赏的香车宝马的场合之后，面对“楼前风重草烟轻”这种迷蒙的景色才会有这种怅惘迷离的感受，这是相互结合起来的，而不是不相干的。下面的“谷莺语软花边过”，“谷莺”是出谷的黄莺，词人听到的是新春黄莺鸟最初的鸣叫；“语软”是流利婉转的意思。韦庄曾有“琵琶金翠羽，弦上黄莺语”的词句。黄莺的鸣声常引起人们的一份感情，每一声啼鸣似乎都有情感和意义，所以是“语”。“花边过”是说这流利婉转的黄莺叫声来自花丛之中。“水调声长醉里听”，“水调”是当时流行的一种歌曲的调子，北宋初年的词人张先写过“水调数声持酒听”的句子，可见这种歌曲的调子是很动人的，所以他说“水调声长”，是那种绵远的悠扬的水调的歌声；“醉里听”是说他一边听这优美的歌曲，一边还在饮酒，而且在微醺的沉醉之中就觉得自己的感受更深了，更能陶醉在所接触的事物之中了，“醉里听”的“醉”不单是酒醉，同时也醉于水调的歌声。这样的风景，这样的歌声，作者不禁“款举金觥劝”。“款”字很好，杜甫的两句诗“穿花蛱蝶深深见，点水蜻蜓款款飞”（《曲江二首》），那“款款”二字是非常优美的姿态，“款举”是缓缓地举起来。“金觥”指珍贵美好的酒杯。他说我要慢慢地举起那美好的酒樽劝一个人饮酒，可“谁是当筵最有情”？这杯酒应该呈献给谁，谁是今日酒席之间最能懂得美好幽微的感情并且真正能理解我的情意的人？这正是因为他被上述的景色环境呼唤起来的一种绵远的感情，而这种感情又无处投注的缘故。我们不必深究他是否在席间真正遇到这样的人，总之冯正中所写的是一种感情被触引之后的一种想要投注的感动，这应该也是属于一种感情的意境。能在小词中写出这种意境，这是冯正中词的特色，也是词史上一个值得注意的进展，是词这种韵文形式何以有了深远意境的一个主要原因，也就是王国维所说的“词之言长”。至于冯正中对于晏、欧之影响，我们以前曾提出说“晏同叔得其俊，欧阳永叔得其深”，我们以为冯正中的两首《鹊踏枝》可以作为他“深”的一面的代表作，《抛球乐》一首则可以作为“俊”的一面的代表作。这两类词，《鹊踏枝》之“谁道闲情抛弃久，每到春来，惆怅还依旧”，是完全以写情为主的，是以情之深挚、缠绵、郁结感动人；《抛球乐》的“逐胜归来雨未晴”这首小词以写景为主，能把眼前的景色写得这样有情致，是以那一份敏锐的感受、幽微的情思感动人的。

现在我们再讲冯正中的一首《长命女》：

春日宴，绿酒一杯歌一遍，再拜陈三愿。一愿郎君千岁，二愿妾身长健，三愿如同梁上燕，岁岁长相见。

我们以前说过韦庄的词是其中有人，呼之欲出，他写男女间的感情是那样真切劲直，而冯正中这首词也同样写得这般真切劲直。我现在要简单地指出其间有一点点的不同。韦庄所写的“四月十七，正是去年今日，别君时”，那是个别的事件。但是冯正中的一个很值得注意的地方，就是即使他写了爱情，其口吻这样的真切、这样的劲直，中间也仍然保持有一份象喻的意味，它是一种感情的境界，而不只是单纯的情事。《古诗十九首》中“行行重行行，与君生别离”，是写离别中的男女之间的感情；韦庄所写的“四月十七，正是去年今日，别君时”，也是离别的感情；柳永所写的“今宵酒醒何处，杨柳岸、晓风残月”，也是离别的感情。同是写离别之情，韦庄、柳永所写的是感情的事件，有特定的人物、时间、地点，而《古诗十九首》所写的是离别的感情的基形，是人间共有的离别之悲哀的共同形态。中国诗中写离别的感情，常是写个别事件的离别，有的时候写两人爱恋的感情，也是写的个别事件的感情。可是冯正中这首词所写的虽然表面看起来这样的真切劲直，但他所写的却实在也是一种感情的基形，是人类最美好的祝愿，可以带给读者一种象喻。古人有云：“欢愉之辞难工，而穷苦之言易好。”能写出人间最完美的境界的作品，在中国词中并不多见。而正中这首词所写的正是一种最美好的祝愿。首句“春日宴，绿酒一杯歌一遍”，“春日”，是一年之中最美好的季节，“宴”是饮宴，是在生活之中最快乐的事件，仅此三字就写出了人间岂不该有这样完满美好的情事，不只是男女之间，不只是个人之间的感情，而是应该希望在整个人类都实现这样完美的境界。“绿酒一杯歌一遍”，每斟一杯酒就唱一遍歌，这是人世间何等惬意的事情，而且他所说的“歌一遍”，正像李商隐的“锦瑟无端五十弦，一弦一柱思华年”一样，是在反复地唱，突出他的每杯酒每首歌饱含着美好的祝愿。祝愿什么？“一愿郎君千岁”，是对方的永远美好；“二愿妾身长健”，是自己的永远美好，都以精练、基本的词句写最主要的感情；这还不算，“三愿如同梁上燕，岁岁长相见”。天地之间，不管你追求的是什么理想、什么主义、什么信仰、什么事业、什么学问，都应该有这种真挚要好的感情和圆满的祝愿。我们以前讲过韦庄的“春日游，杏花吹满头。陌上谁家年少，足风流。妾拟将身嫁与，一生休。纵被无情弃，不能羞”，这首词也同样深挚，也是殉情无悔。但词末说：“纵被无情弃，不能羞。”表现出对结局是否圆满美好并无把握和信心的不足，只是纵使失败，对这种追求也不后悔，所以她先说出了坏的可能性。可是冯正中是“一愿郎君千岁，二愿妾身长健，三愿如同梁上燕，岁岁长相见”，这种完整的对人生美好的祝愿和渴望，具有如此丰富的象喻之性质和强烈深挚的感情的词，在中国词中是极为少见的。

缪元朗、安易整理

第四讲

温庭筠、韦庄、冯延巳三家词总论

我首先要说明一下，在中国的韵文之中，词的这种体式，与诗的这种体式，它们表达的情意、内容、风格有什么不同，基本的性质有什么不同。

词的性质与诗的性质是不相同的。在《人间词话》里面，王国维曾经说了这样几句话，他说："词之为体，要眇宜修。能言诗之所不能言，而不能尽言诗之所能言。诗之境阔，词之言长。”他说词的这种体式，它的特色是“要眇宜修”，这是出于《楚辞·九歌·湘君》“美要眇兮宜修”。“要眇”是一种美，一种很幽微的、很深隐的，一种品质上的美。“修”是一种修饰，所以词在性质上较诗更为精美。“能言诗之所不能言”：词可以传达一些诗歌所不能传述的情意和境界；可是不能够“尽言诗之所能言”——这两句话说得好像是比较绕圈子，意思是说，词能够描述诗所不能描述的情意境界，可是不能够完全传达诗所传达的情意和境界。那就是说，词有词的风格和境界，诗有诗的风格和境界。一般说起来，他说“诗之境阔”，他说诗所传达的境界比较开阔，比较博大；而“词之言长”，词所传述的境界“长”。“长”者，就是有余味，耐人寻思。我要加一句补充，凡是文学里边批评的话，都是相对的，都是比较而言的，并不是绝对的。不是说词里边就绝对不能写开阔博大的境界，也不是说诗就不能写含意深远，非常有余味的作品。并不是这样说的。词也有开阔的，也有境阔的；诗也有“言长”的，意味很悠长的。王国维之所以这样说，只是一种相对的比较的说法。我们要说“诗之境阔，词之言长”，为什么形成了这样的差别？有人提出来词的特性说，诗直而词曲，诗显而词隐；诗歌要多用比兴，而词更要多用比兴。为什么形成了这样的差别？这与词的这种体式，它的外表的形式有很密切的关系，与词的形成的背景和环境，也有很密切的关系。

一般大家都知道，词还有一个别名，叫作长短句。诗，当然，你如果从最早的《诗经》来看，它里边两个字、三个字、四个字、五个字、六个字、七个字、八个字甚至九个字的句子都有，可是基本上是四个字一句的形式。而后世的诗歌则大多是五个字一句，或七个字一句，基本上句法是整齐的。可是词呢，大多数是长短不整齐的句法，这种形式在音节之中，就有一种参差错落、委婉曲折的性质，这是从它本身的形式上就具备了这种特色的。还有人说，像这种长短句的形式，岂不是跟乐府里边的杂言诗比较相似了吗？其实也并不同的。汉乐府的杂言，是完全自由的，“上邪，我欲与君相知，长命无绝衰”，像这样的句子，它的长短不整齐是完全自由的。可是词里边它的长短不整齐，是完全不自由的。所以词就叫作“填词”，是要在一种非常曲折、参差、错落，而且很严格的形式之中，传达你的情意。所以它自然本身就形成了一种委婉、曲折、幽隐的性质，那是它在形式上本来就有这种因素存在的。还有，词的性质与它开始盛行起来的背景，也有密切关系。本来一般人都说词最早的起源，是隋唐之间随着西域音乐的传入，配合这种音乐的声音而歌唱的一种流行的歌曲。从敦煌的曲子词来看，当时有很多非常通俗的这样的曲调，它所牵涉的方面也是非常广泛的。可是后来的士大夫所填写的词，却另外形成了一种风格，从《花间集》《尊前集》开始，我们就知道这种词集编选的目的，是为了供歌筵酒席间歌唱的歌词，像《花间集》的序文中所说的：“递叶叶之花笺，文抽丽锦；举纤纤之玉指，拍按香檀。不无清绝之辞，用助娇娆之态。”他说当时的人，他们写这些词，而词之所以叫作词的缘故，实在就是曲子词之简称。词者，就是配合歌曲来歌唱的歌词，所以词的意思实在很简单，就是歌词的意思。可是，当时流行的歌曲的曲调，它们被士大夫阶层的人所欣赏、所喜爱，而他们以为民间曲子的歌词，太过于通俗了，所以他们这些文士们就插手来自己写他们的歌词，所以《花间集》的序文上，就说他们当时写作词的背景是“递叶叶之花笺，文抽丽锦”，就是用最漂亮的那种彩色的纸张，那种笺纸，传递纸张，“递叶叶之花笺”，然后“文抽丽锦”，要写那种最美丽的文字，然后把这些美丽的歌词写下来，就“举纤纤之玉指，拍按香檀”，就交给当时的歌女去歌唱；那些歌女举起来她们纤纤的玉手，就打着檀板的拍板来歌唱，就是“递叶叶之花笺，文抽丽锦；举纤纤之玉指，拍按香檀”。他们所写的都是在歌筵酒席之间交给那些美丽的歌女去歌唱的歌词。他说他们写这些歌词，是“庶使西园英哲，用资羽盖之欢；南国婵娟，休唱莲舟之引”。西园是建安时代曹氏兄弟们常常跟建安七子们游宴的地方，曹植有诗句说：“清夜游西园，飞盖相追随。”应使西园英哲“用资羽盖之欢”，是说使得在西园聚会的那些有才华的文士们，可以用这样的歌词来增加他们在西园游赏饮宴时候的欢乐。羽盖是车上的伞盖。“南国婵娟，休唱莲舟之引”，使得那些美丽的女孩子，南国的佳人，不要再唱采莲的、通俗的、文士们认为不够典雅的曲子，他们的目的就是要写一些更美丽的、更文雅的歌曲的歌词，增加那些文士饮宴之间的欢乐，给那些南国的佳人来歌唱。

如果词只停止在这个阶段，那么毫无疑问，这样的内容是空泛的，是浮靡的，是没有很伟大、很深刻的价值的。可是，词在中国的后来，得到了发展，得到了开拓，能够足以传达出一种诗所不能传达的境界，而且后来多少忠臣义士，多少学者才人都曾填写过词，而且留下来很伟大的篇章，很好的作品。那么词这种体式，是怎么样从那种歌筵酒席的、南国佳人的歌唱的歌曲而拓展开来的呢？词的拓展曾经经过很多不同的阶段，我们的时间不够作整体的介绍，我今天所要讲的，冯正中词的成就与他的承先启后的影响和地位，只是词从开始的第一个阶段的拓展。

第一个阶段的拓展，就是从歌筵酒席之间的、内容空泛浮靡的取乐的歌曲，怎么样使它的内容能够有了更深厚的、更幽隐的情意，而足可以传达一些有理想、有品格、有才华的人的内心之中最幽隐的襟怀和情意。这一个阶段是词的第一个拓展的阶段，而冯正中在这一个拓展的阶段中间，是很重要的一个作者。

讲到这种拓展，我就要讲到在中国诗歌的传统中间，无论是创作，无论是解说，无论是欣赏，都非常重要的一种质素，那就是我们中国诗的传统，从一开始就常常提到的比兴。《诗经》毛传就已经开始讲到比兴，所谓比兴牵涉的范围很复杂，很广泛。我只是作一个最简单的述说，可以把它归纳为两方面来说。一个是从创作方面来说的，从创作方面来说，比兴两个字所表示的是情意与形象之间的一种关系和作用。一般说起来，如果你是先有情意，然后找一个与你的情意相当的形象作为比喻来叙述、表现，就是比。比是先有情意然后有形象，我们应当说，一般说起来它是由心开始的，然后到外界的物象，是你心中先有一个情意，然后找到一个适当的、外物的形象来传达，是由心及物的，而且在这种比喻之间有一种比较理性的衡量，这两个分量是相当的。所谓兴者，我们说见物起兴，是由物及心的，是先看到外界的一个景物的形象，然后引起你的内心之中情意的一种感发。比，我刚才说过，比有一种理性的衡量，而兴更重视的是一种感性的、直觉的触发。就创作而言，诗歌的比兴有这样的两种作用。从解说诗歌方面而言，毛诗当时有一种说法，诗人为什么要用比兴，他们认为都是对当时的政治的情况有一种反映的。他说，兴是“见今之美”，是看到当时的政治有一种美好的政治，“嫌于媚谀”，他觉得直接歌颂赞美，就好像过于谄媚阿谀了，所以用兴来表达。他说比是“见今之失”，是看到当时的政治有一种缺失，但是你如果直接地批评，也很有危险，所以他们就用比的办法来叙述。我只是说毛诗有这样一种说法，这个说法是对还是错，是可靠还是不可靠，从《诗经》所有的诗来证明的话，这个说法并不见得完全是可靠的。我现在提出来只是说，在中国诗歌的传统上，有这样一种看法，就是说，比兴的中间可以隐藏某一种政治上的托喻的意思。如果从这个观点来看，我刚才已经说过了，我说以词的性质与诗的性质来作比较，诗本来就是重视比兴的，而词就更重视比兴。所谓词更重视比兴的意义何在？所谓词更重视比兴的意思，与毛诗所说的比兴，有什么不一样吗？有什么互相的关联和影响吗？

我现在要简单说一说词里的所谓比兴，而且后来的解说词的人、写作词的人，都常常在有意无意之间用了这种比兴的手法，或者是用了这种比兴的观点。为什么？其间有一种必然性。就是作词之人喜欢用比兴的手法，说词的人喜欢用比兴的观点，有一种必然的因素存在里面。为什么呢？刚才我已说过了，因为词在初起的时候，我说的是当词落到文士手中的时候，还不是说在民间的歌曲流传的时候。敦煌的曲子在敦煌没有发现的时候，我们都不知道有那些曲子的。一般所谓词是经过文士的插手，经过文士的整理，经过文士把它编订成集，而流传到后世的作品。从《花间集》《尊前集》

开始，所谓词者就是歌词，歌筵酒席之间传唱的歌词，是交给那些南国佳人，是交给那些美丽年轻的歌伎舞女去演唱的曲子，所以就形成了一种特色。什么特色呢？一是在词里所称述的名物，都是特别精美的名物。温庭筠的词中，“小山重叠金明灭，鬓云欲度香腮雪”，“翠翘金缕双鸂鶒，水纹细起春池碧”，“水晶帘里颇黎枕，暖香惹梦鸳鸯锦”，都是非常漂亮的、美丽的名物。因为要这样的美丽的名物，才能够配合当时的歌筵酒席的那些西园英哲和南国佳人的场合，所以它们所称述的名物是特别精美的。再有第二点，词里边所写的情感，大概都是伤离怨别，都是相思的、爱情的内容。本来，这种相思离别的感情的内容，也是与当时歌词演唱的背景环境有很密切的关系的。可是就因为有这两种特质，因为它的名物是这样精美的，它的感情也是这样精美的，所以就形成了一种特质，就是适合于比兴的特质。

什么叫适合于比兴的特质呢？像温飞卿的词，刚才我所引的，他用了那么多漂亮的文字描写漂亮的名物，后来清朝的常州词派的说词的人就曾经把温庭筠在词中的地位提高，把它比美于屈子的《离骚》，说温庭筠的《菩萨蛮》“照花前后镜，花面交相映”有《离骚》里边的“退修吾初服”的含义。究竟温飞卿有还是没有呢？历来对这样的说法有很多不同的意见。有的人认为他是有的，有的人认为他是没有的，不管温飞卿本人是有这种寄托的意思，或者是没有，可是他的词之使人可以引起这种联想，联想到他可能是有的，其中有一个必然的原因足以引起人这样的联想。为什么呢？司马迁写《屈原贾生列传》，当写到《屈原列传》的时候，司马迁曾经说过这样两句话，他赞美屈原的《离骚》，说：“其志洁，故其称物芳。”说因为他的心志是高洁的，因为他内心里边的情志是美好的，所以他所称述的名物是美好的。“余既滋兰之九畹兮，又树蕙之百亩。”“制芰荷以为衣兮，集芙蓉以为裳。不吾知其亦已兮，苟余情其信芳。”这是屈原，因为屈原有那样高洁美好的情志，所以他喜欢称述那美好的名物。刚才讲到诗歌的创作比兴这两种写作方式的形成，实在就是由于情意与物象之间的关系，你内心有芬芳的美好的高洁的情志，所以你自然就用那芬芳美好高洁的物象来表达。也就是说，因为你的志洁，所以你写的就是物芳。在屈原说来，它的因果关系是如此的，是先有志洁，然后才有物芳。可是你要知道，作者有作者的联想，读者也有读者的联想。作者可以由他的志洁联想到芬芳美好的物象来传达他的情意，读者就是从这芬芳美好的物象联想到作者的情意。所以你可以从志洁推到物芳，而反过来也同样真实，你可以从由物芳倒回去，推想到志洁。屈原的物芳跟志洁之间有密切的关系，我们是从屈原的《离骚》这一篇作品叙述的口吻，屈原他所生活的历史的背景，屈原他自己生平的整个的生活的实践和遭遇，都足以证明他果然是有这样的志洁。而且，他的《离骚》这篇作品，从开始他就曾经说：“帝高阳之苗裔兮，朕皇考曰伯庸。摄提贞于孟陬兮，惟庚寅吾以降。”他开始是完全用自述的口吻来叙述的，他中间文章里边也称赞尧舜，写到他自己对于国家对于政治的怀抱志意和理想，然后他也称述美人和香草，从整体的《离骚》来看，他一定是有托喻的，这个我们是完全可以证明的。温飞卿并不能够找到这样的充分的足够的证明，来证明他的词也果然是有这种托喻。

我在我的《迦陵论词丛稿》那本书里边，对温飞卿的词有很详细的分析，所以现在就简单这样说，从他的整个生平的为人，与他那词里边，像《菩萨蛮》等许多首，叙述的口吻来看，都不能直接证明他的词是果然有这种托喻。词里有没有托喻，是从叙述的口吻就可以看到的。温飞卿的词在叙述的口吻上，不能给人这种直接的感受，可是他却能够引起后来的人有这样的联想，有几个原因。一个原因，我刚才说了，那只是因为温飞卿他特别喜欢用美丽的辞藻，他特别喜欢标举出来美丽的物象，像我们刚才所念的，“小山重叠金明灭”之类的，“水晶帘里颇黎枕”之类的，所以他的一个引起人能够联想有深一层托喻的缘故，是因为他所称述的名物的美好，就是单纯这一个美的直觉的感发，就是人的本能从物芳联想到志洁的这样一种自然的联想。他自己有没有这个意思，是另外一件事。可是因为他称述的物芳，所以引起人这样的联想，这是一个原因。

还有第二个原因，就是他在描写感情的相思离别的时候，他在写怨女思妇的时候，写怨女和思妇之情的时候，与中国的诗歌的传统，有一种暗合之处。我所说的暗合，就是说温飞卿有没有这种含意是另外一件事，可是他与中国的怨女思妇的比兴的传统，有一种暗合的地方。在中国的诗里边，本来从《诗经》里边就写了很多美丽的女子，《诗经》里边所写的美丽的女子，有的就是现实的一个真正的美人，并没有更多一层的托喻，有的是有一层托喻的，有两种不同的情形。有的就只是一个美丽的女子，“硕人其颀，衣锦䌹衣”，形容卫庄姜夫人的美丽，果然卫庄姜夫人是这样美丽的，说她“手如柔荑，肤如凝脂，领如蝤蛴，齿如瓠犀”，如何如何的美丽，这是果然真正地形容一个实实在在的美女之美。有的时候，里边也有一种暗示的、比喻的含意。比如说“彼美人兮，西方之人兮”之类的，便有另一层含意。而把美人的托喻的意思用得更多用得更明显的，则是起于屈原的《离骚》。屈原《离骚》里边，他的美人的托喻是有很多的不同的内容的，王逸的《楚辞注》、洪兴祖的《补注》都曾经谈到，说屈原的《离骚》里所用的美人，有的时候可以喻君主，有的时候可以是屈原的自喻，有的时候可以比喻一些贤士贤臣。在屈原《离骚》里的美人，已经有多方面的托喻了，而《古诗十九首》里边所写的那美丽的女子，后来的人也认为可能有托喻的意思。曹子建的一些诗里所写的那些女子，像曹子建《七哀》诗里所写的那个女子：“君若清路尘，妾若浊水泥。浮沉各异势，会合何时谐？愿为西南风，长逝入君怀。君怀良不开，贱妾当何依？”他写这种被抛弃的怨女思妇的情怀，其中果然是有一种托喻的。为什么中国的文人用美人有这么多的托喻？一个基本的原因是美人之美的本身，就引起了美好的联想。美人本身的美，就可以象喻很多品德资质的美好，它本身就有这种象喻性。除此以外这些诗人文人喜欢用女子来作托喻还有一个原因，中国不是常常讲古代封建伦理道德的观念吗？君臣、父子、夫妇、兄弟、朋友这五伦，你要知道，在中国古代的封建社会之中，在夫妇男女的关系之中，女子是处于卑贱的弱者的地位的，女子是属于不能够有独立自主的地位的，女子是任凭男子选择，也任凭丢弃的，女子终生的生命的意义和价值，只以为要得到一个男子的赏爱，才能够完成她生命的意义和价值。在男女之间的关系上，男子是大丈夫，他可以选择，他可以丢弃，一切都由他作主张。可是当他从夫妻的关系换到君臣的关系，当他作为一个臣子的时候，他就站在臣妾的地位了，他就落在那个女子的地位上去了。他的被选择、被贬逐，也任凭君主的取舍。男子在仕宦的仕途之中，他的幸与不幸、遇与不遇，他的一切的这种情况，就与女子被男子的选择和丢弃而不能自作主张有一样的感情、心理的状态，所以后来的诗人文人，就常常喜欢用怨女、思妇的感情，来表达羁臣逐客的悲哀。这种感慨，这是造成词有比兴之意的另外的因素。在这种情形之中，像温飞卿所写的“懒起画蛾眉，弄妆梳洗迟。照花前后镜，花面交相映”，“鸾镜与花枝，此情谁得知”，他可能所写的就是一个簪花照镜的女子，但是我刚才说了，这个女子有某一种感情心态，与这个男子当他站在臣妾地位的时候，有相似之处。唐朝的一个诗人杜荀鹤写过一首诗，他说：“早被婵娟误，欲妆临镜慵。承恩不在貌，教妾若为容？”（《春宫怨》）是借美人来自慨不得知遇的。中国有两句话，说“士为知己者死，女为悦己者容”，女子要为爱她的人而化妆，就跟男子得到一个赏爱他的主人，愿意为那个人而牺牲有同样的感情、心态。所以当温飞卿写“懒起画蛾眉”的时候，就与杜荀鹤所说的“承恩不在貌，教妾若为容”而“欲妆临镜慵”的感情心态有相似之处。温飞卿又说“鸾镜与花枝，此情谁得知”，当他面对鸾镜，头上戴着花枝的时候，“此情谁得知”，这种簪花的爱美的感情有谁能了解呢？而簪花爱美的对镜的感情，在中国也是有托喻的传统的。李商隐有一首诗：“八岁偷照镜，长眉已能画。”他这一首诗也是有象喻和寄托的。是那些男子把她的簪花照镜，比喻他自己才学志意的美好而没有人知道，簪花对镜之后，有一种寂寞的没有知音的感觉。这种美人的传统，不仅从《诗经》《离骚》美人香草就早已有之，一直到清末民初时候的王国维，就是写《人间词话》的那位作者，一位很有名的学者，他词里也曾经说："从今不复梦承恩，且自簪花坐赏镜中人。"他说没有一个人认识我，没有一个人知道我品德的美好，我再也不怨了，"从今不复梦承恩"，我再也不梦想要承恩了，"且自簪花坐赏镜中人"，但是越没有人知道你，你自己就不美好了吗？所以中国古人还说过这样的话，说兰生空谷，"不为无人而不芳"。所以他"且自簪花坐赏镜中人"：尽管没有一个人认识我的美好，我要好也仍然是要好的，兰生空谷，"不为无人而不芳"。我要说这是使得从中晚唐以来的歌筵酒席之间的歌曲，逐渐抬高了它的地位的一个隐藏的因素。就是说它很可能所写的就是一个美丽的女子，可是它可以引起人的这样的一种托喻的联想，这是词的情意开始加深和提高的一个因素。可是这个因素，在作者不必有这种用心，作者不必有此意，而读者无妨有此想。这是从常州词派的说词的人像谭献、周济这些人就有了这样的说法和看法。可是，以作者温飞卿自己来说，他是未必有这个意思的。而温飞卿的词还有另外一个特色，就是从来不作主观的直接的描写，他所写的词里边，哪一句话是温飞卿他自己？他从来没有明白地站出来说过话。"小山重叠金明灭，鬓云欲度香腮雪。懒起画蛾眉，弄妆梳洗迟。　照花前后镜，花面交相映。新贴绣罗襦，双双金鹧鸪。"在旁观描写一个美丽的女子从清晨起床簪花经照镜穿衣整个的过程，但是没有一句主观表露他自己的话，而且温飞卿很少主观地表现他自己悲哀或者是欢喜，所以温飞卿这些词很可能就是当时歌筵酒席之间传唱的歌词，作者并不一定把这样的形式当作他抒情表意的一个重要形式。所以在温飞卿的诗里边，你可以看到他自己，像他的《感旧陈情》之类的，你可以看到他自己的遭遇、自己的生平、自己的志意，你可以看到很多，但是他在词里边并不作这样的表达。如果按照夏承焘先生的《唐宋词人年谱》里边的《温飞卿系年》的说法，他认为温飞卿这些《菩萨蛮》词，很可能就是像唐人的笔记所写的，是替当时的宰相令狐绹所作的、献给皇帝的一些流行歌曲的曲辞，所以并没有他自己很多的主观志意的明白流露。可是妙就妙在这里，温飞卿是一个在传统环境中生长的才人、词人，他的脑筋里边充满了《诗经》《离骚》、汉魏乐府、曹子建的诗歌，充满了这一套比兴寄托的联想，不知不觉之间，当他写歌筵酒席之间相思离别的感情，写这些闺阁园亭的景物的时候，自然就有合于、暗合于中国的比兴的托喻的传统，就自然地引起了读者这样的比较深厚的联想。我也不是说《花间集》里边所有的词人都能够做到这样的地步。《花间集》里边的词，有很多写得很肤浅的、很浅露的，像“晚逐香车入凤城”，写一个男孩子追赶一个女孩子，跟着她的香车一直在跑，又像“脚上鞋儿四寸罗”，一个美丽的女孩子四寸的脚穿着美丽的罗鞋，又像“相见休言有泪珠”，都是写的那种最现实的、最肤浅的、没有深意的感情。而温飞卿单独能够引起人深意的联想，就正因为他没有肤浅的说明。他只是标举了美丽的名物，而由他的诗歌的阅读训练的这种传统，自然提高到这样一个境界。

我现在归纳起来，词可以引起人深意的联想，一个原因是志洁可以联想到物芳，物芳也可以推回去联想到志洁。还有一个原因，就是美人和香草、怨女和思妇，本来就有这样一个可以引起人深思的托喻的传统，有合于、暗合于托喻的传统。这是词的地位开始提高的第一步。

第二个进展应当说是韦庄。韦庄的词跟温飞卿不同。温飞卿的词是客观的，从来不作主观的直接的叙述。韦庄的词的特色，就是特别主观的、直接的叙述。他的《荷叶杯》："记得那年花下，深夜，初识谢娘时。"有时间、有地点、有情事。其实韦庄有另外的几首词，你更可以看到他这样主观地叙述的情形。韦庄有一首词这样写的，他说"四月十七，正是去年今日，别君时"，他说"昨夜夜半，枕上分明梦见"，韦庄的词你就看他写得何等清楚，何等直接，他说"记得那年花下，深夜，初识谢娘时。水堂西面画帘垂，携手暗相期"，他说"四月十七，正是去年今日，别君时"，他说"昨夜夜半，枕上分明梦见"，写得这样直接，写得这样主观，这是他给词增加的另外一种变化。什么变化呢？就是本来词是歌筵酒席之间传唱的，是不具个性的艳曲，就是说不具鲜明的主观的色彩，没有个性的，反正是歌筵酒席之间，有漂亮的女孩子要唱漂亮的歌曲，你就找一些漂亮字来写漂亮的歌，里边有没有你的感情，那完全不重要，完全没有关系。而且你根本就没有什么要传达的深刻的感情，只是用一些漂亮的字词堆成一首漂亮的歌曲，就如此而已，所以是不具个性的艳曲。到了韦庄的手里边，词的一个拓展，是从不具个性的艳曲，变成了带有鲜明个性的、主观的抒情诗。就是说，已经变成带着鲜明个性，具有强烈主观色彩的抒写自己感情的诗歌，是抒情诗，不再是为了传唱的曲调而写的歌词，而是抒写自己感情的抒情主观的诗歌了，这是词的这种形式的一个提高和进步。就是说文人用这种形式来抒写自己的感情了，而不是只把它当成一个曲调来填写歌词，这中间是有差别的。不是说以音乐的曲词为主，只是找漂亮的字来填歌词，而是说把它当作一种文学形式，可以抒写自己的感情了，当作一个抒情的、主观的诗歌来写了。这是对于词这种形式的一种抬高提升。

从温飞卿到韦庄，是词的一个进展。这种文学的形式，已经不再是以音乐的性质为主的、只是为歌曲填写一些美丽的歌词，而是把这种形式当作自己的一个可以抒发感情的抒情诗的形式来使用了。温飞卿的词虽然不具个性，但是可以引起人比兴寄托的联想。韦庄的词，虽然是进步到一个主观的抒情诗歌了，但是它也同时有了一种局限。因为它所写的时间、地点、人物都这样具体，这样切实分明，因此就限制了读者的丰富的联想。“四月十七，正是去年今日，别君时”，这个句子写得很动人，他清清楚楚地记得，“四月十七”的那一天，正是去年的今天，是我和你分别的日子。他写得是很动人的，但是他写得有一种事实的局限性，就是说，他的时间、地点、人物，其中有人呼之欲出，生动真切，这样直接地打动人，可是它不引起人更多的联想。“四月十七，正是去年今日，别君时”，把离别的感情写得很动人，就是离别的感情，就是四月十七的那一天，去年的那一天，他跟他非常挚爱的一个人离别了。写得很动人，但是如此就是如此，不引起人更多的联想。韦庄有一部分词，有人认为可能有比兴寄托的意思的，是他的《菩萨蛮》五首，“红楼别夜堪惆怅，香灯半卷流苏帐”那五首词，他说“人人尽说江南好”到“如今却忆江南乐”，他一首一首写下来，到最后一首“洛阳城里春光好，洛阳才子他乡老”，这五首词，我在我的《迦陵论词丛稿》里边，曾经作过详细的解说。有人认为这五首词，是韦庄留蜀以后寄意之作，是他留蜀以后怀念唐朝，有一种托喻的寄意之作。因为唐朝被朱温篡夺，那个时候韦庄已经到了西蜀，王建做西川节度使，韦庄已经到了王建的幕府之中了。那个时候他听到唐朝已经被朱温篡夺的消息，而且朱温在篡夺之前曾经把唐朝的皇帝从长安胁迫迁到洛阳，最后的唐朝之被篡夺这件事情的发生，是在洛阳发生的，所以有很多人联想到当时的历史背景，认为他可能有这样的托喻。这种托意是有还是没有，这也是另外一件事情。提到这里我就要说明一句了，以前我曾说飞卿的词引起人联想，是因为他标举的名物的美好，是因为他写的怨女思妇的情怀，有合于中国传统的托喻的情意；而韦庄是把词的形式提高了，从歌筵酒席的艳曲变成自己抒写感情的诗篇了，可是他所写的地点、人物、情事过于分明。凡是分明就有一个轮廓，一个轮廓，让你能清楚地看见，是好的事情，可是一个轮廓也同时就是一个局限。就算是我们相信韦庄的《菩萨蛮》五首，果然有比兴寄托的意思，后人所指的比兴寄托的意思，是说这五首词完全写的是韦庄的故国之思，是为了唐朝的灭亡，他对于故国的追怀的哀思而写的，这种解释，就是说他是有比兴寄托的深一层的意思，然而岂不是也把比兴寄托的那个意思画了一个轮廓吗？

中国历史中的说词人，有很多人喜欢用这样的办法。就是说，他说词里边有比兴寄托的意思，而把他认为的比兴寄托的意思也加以一个轮廓事实的限制和说明，说这个就专指的是他写唐朝的败亡的，他对唐朝故国的怀思，就专门这样限制住了。这种解说的方法，在后来的常州词派的词人就演变成像猜谜语一样来猜测，他们把词人所写的每一句、每一字，都当作一个谜语一样来猜测。他们解释南宋后期像王沂孙什么的这样的小词，就是如此。他们甚至解释晚唐五代跟北宋的一些人的小词，也是用这样的解释，我们今天来不及举很多例证，像张惠言说有一首词，有人认为是冯正中写的。“庭院深深深几许？杨柳堆烟，帘幕无重数”那一首小词，他们就解释说“庭院深深深几许”是闺中既已邃远；“楼高不见”是哲王又不悟；说“泪眼问花花不语，乱红飞过秋千去”，说这是当时写北宋初年的庆历党争的政治背景，写韩琦跟范仲淹都相继被贬出去了。词是可以引起比兴寄托的联想，有时是由于它基本性质上的因素，物芳所以志洁，怨女思妇本来有寄托的传统，是它本身的性质。还有，要把词里边的比兴寄托加以解释，怎样加以解释，用什么态度来解说，有两大类。一类就是像张惠言的，他是字比句附，把每一字每一句都像猜谜语一样来比附。很多人反对张惠言，最明白的就像王国维的《人间词话》，他说像欧阳修、像晏殊，像这些小词有什么命意，“皆被皋文深文罗织”，皋文就是张惠言的字，叫张皋文。王国维反对他这种字比句附的说法。现在我要讲第二种，就是王国维。王国维反对张惠言，但是王国维的说词也是常常从词的表面意思以外，看到另外的第二层的一种意思，只是他的看法和说法与张惠言有所不同。张惠言是一定确指一个政治的背景，一定是牵强比附地来说。王国维不同意他的说法。王国维怎么样说呢？王国维说古今成大事业大学问的人有三种境界，他举晏殊的词“昨夜西风凋碧树，独上高楼，望尽天涯路”，说这是成大学问的第一个境界；又举柳永的词“衣带渐宽终不悔，为伊消得人憔悴”，这是第二个境界；又举辛稼轩的词“众里寻他千百度，蓦然回首，那人却在、灯火阑珊处”，说这是第三种境界。当时的晏殊、柳永、辛弃疾有没有这种意思，是另外一个问题。只是王国维看他们这些词的时候，引起来王国维的这种感发和联想。现在我就要讲到，词这个东西很微妙的一点，还不是说它的物芳与志洁，也不只是说它的怨女思妇的传统。词，我刚才说了，它的这种长短错落的、曲折变化的形式，本来天生来的这个形式就适合于传达人类内心之中的最幽隐深微的一份感情，这是一个原因，就是有些个你用那种整齐的五个字七个字不能够曲折婉转地说出来的，而你用词可以传达出来，所以王国维才说：词“能言诗之所不能言”。你内心最幽隐最细微的情意，有的时候不是诗所能传达，而是词所能传达的，这是第一个应该注意的。还有第二个应该注意的，古人说的，观人于揖让，不如观人于游戏。说你要看一个人的本性，你看他外表揖让进退，他在大庭广众之间要做得彬彬有礼，那果然就是他的本性和本色吗？你反而不如看他游戏的时候，当他不注意的时候，当他偶然之间，当他自然而然流露出来的时候，你才更看到这个人的本来面目。中国古时候作诗有一个比较严肃的传统，诗是言志的，诗差不多都有一个主题，而且都是常常有一些很严肃的主题。我是就一般而言，对于某些无题之诗，我们现在没有讨论。我只是说，有一些比较严肃的诗篇，像杜甫所写的《喜达行在所》《收京三首》，又如《至德二载，甫自京金光门出，间道归凤翔。乾元初，从左拾遗移华州掾，与亲故别，因出此门，有悲往事》这么一大套题目，写得多么严肃，多么庄重，多么悲哀，多么沉恸。诗是这样的内容。可是词呢？是正因为它当时初起的时候，是不严肃的，是不被尊重的，所以这些文人才士们当他们不经意之间，随便填写小词的时候，反而把他们内心之中的最幽隐的、最委曲的，甚至连他自己意识里面都没有意识到的，在不知不觉之间就把它流露出来了。而且就算是同样写爱情、同样写美女、同样写一个美丽的女子的美丽的装饰，你一定可以看到，作者的品格不同，他所写出来的词的品格境界就一定是不同的。岂但文学有文学的境界，爱情岂不也有爱情的境界吗？所以境界不高的人，他文学的境界也不高，因而他爱情的境界也不高。就算是同样写爱情，也有写得爱情的境界高的，也有写得爱情的境界低的，所以词具有这种很微妙的性质，就是你可以从这样优美的、幽微的事物中间，体会一种最精微优美的心灵和感情的状态，而且是那个作者无形之中所流露出来的真正的最内在的一种心灵和感情的状态。

而我要说，这一种情形，这一境界，是到冯延巳才完成的，才做得最好的，才影响了北宋初年很多有名的词的作者的。这是冯延巳的一种值得注意的成就。刚才我说张惠言有张惠言的解说词的办法，王国维有王国维解说词的办法。有一种是从文字上去比附的，如同张惠言，说乱红飞走了，就是韩琦、范仲淹被贬出去了，这是从字面上来猜测。可是王国维所说的，是从那个词里边所表达的心灵感情状态的本身引起他的感发和联想的。我认为，凡是最好的诗歌，都要带着一种感发的力量。本来中国的诗歌就是这样的传统，“情动于中而形于言”，“气之动物，物之感人，摇荡性情，形诸舞咏”，本来就是你内心要有一种感发，而这种感发的生命是生生不已的。一篇伟大的作品，不但作者要把内心的感情的感发的活动传达出来，而且要使你所传达的感发的力量，千百年之后的读者都受到你的感发，这才是一篇了不起的诗篇。辛稼轩写陶渊明，他说“须信此翁未死，到如今凛然生气”，他说我觉得陶渊明那老头子就没有死，我今天一念他的诗，都有凛然生气。好的诗人那种感发的力量在千百年之下，读者都是能够感发的。所以王国维所讲的词的说法，是把词从表面的意思看到内里，更深一层的里面的内中的意思，是他自己感发的情意。妙就妙在这一点，是那些作者本身的词带着这种感发的力量，足以引起读者的感发和联想。什么样的作品本身带着感发的力量，而不是说明，不是我告诉你说我一百二十分的悲哀，我十二万分地爱国，不是这种意思，不是宣传，不是口号，不是说明，而是心灵感情之间的一种最幽微的感动。词最妙的一点，与诗不同的一点，就是词带着这样一种最精微的、最幽隐的感发，而冯正中是把这一点做得最好的。温飞卿词只是从美感给你联想，从传统给你联想，但是它本身并不带着强烈的感发，它没有主观、没有感情的流露，它是从美感和传统给你联想，而不是从感发给你联想。韦庄词大部分是给你感发，但是并不给你很多的联想，因为它说得很清楚。“四月十七，正是去年今日”，“记得那年花下，深夜，初识谢娘时”，它是有很强烈的感发，可是不带着很多的联想。又有感发又有联想的是冯正中词。冯正中的词很妙，是词的又一个进展，就是说，它是主观的，它是带着感发的力量的。可是它所写的，跟韦词的一个绝大不同之处，就是韦词写的是一个感情的事件，一件事：那年花下，深夜，我认得谢娘了；四月十七，去年今日，我跟她分别了。韦庄所写的是感情的事件。冯正中所写的也是主观的感情，但他所写的不是感情的事件，而是一种感情的意境，一种感情的境界，一种感情的状况。我们可以看到冯正中所传达的是感情的境界，不过这首词他的说明还比较多。至于他另外的《抛球乐》的小词，它所传达的意味更含蓄、更深隐。“酒罢歌余兴未阑”，他第一句是盘旋出来的，酒喝完了，歌也听完了，本来是完了，可是“酒罢歌余”我正是“兴未阑”。杜甫的两句诗“老去才难尽，秋来兴甚长”，正是当欢乐快要落空的时候，正是当生命已经衰老的时候，正是当木叶已经凋零的时候，就是这样，我反而有一种被感发、被感动的意兴，一种很难以言说的意兴。正是酒罢歌余，我心中有一种难以安排的感动，所以“酒罢歌余兴未阑，小桥流水共盘桓”，真是寂寞孤独无聊赖。陶渊明的《归去来辞》中“抚孤松而盘桓”，也写得很好。“盘桓”者，徘徊而不去的意思。对一个对象很有感情、很留恋，徘徊而不忍舍去，所以是“盘桓”。你也可以跟你的一个知己的好友盘桓，那当然是人间最美好的一件事情了。就是没有知己，陶渊明可以“抚孤松而盘桓”，而松树的岁寒不凋，松树的苍翠是何等美好的形象。你可以“抚孤松而盘桓”，也岂不是很好？可是冯正中说“小桥流水共盘桓”，“前水复后水，古今相续流。新人非旧人，年年桥上游”，流水是一去不返的。李后主说“自是人生长恨水长东”，你什么固定的东西不好盘桓，什么有情的东西不好盘桓，甚至于像孤松这样苍翠坚贞的东西难道不可以盘桓？你为什么“小桥流水共盘桓”呢？这句词真是怅惘哀伤。冯正中的词其实很难讲，因为他都没有具体的说明，也没有很多典故，但是他那种幽微深隐的感发的情意，是人内心之中最细微的一种感受。这才是词的最妙的地方，是冯正中带领词达到了这种境界。这是冯正中值得注意的一种成就。还不止于此，“波摇梅蕊当心白，风入罗衣贴体寒”，这两句写得很好。“波摇梅蕊当心白”，那梅蕊是什么？你说可能梅花落在水面上了。“当心”，当什么心？是正当中心之处。正当什么的中心之处？“波摇梅蕊”，那当然是正当波心之处了，是水波的中心之处。那梅蕊怎么在水波的波心？你说可能是梅花落了，梅花的花瓣落在水波的波心了。我以为还不是如此。因为你看李后主的词，“流水落花春去也”，落花如果落在小桥流水之上，那落花就随水而流去，它不会老在中心那里摇动的。什么在中心摇动？不是梅花的落花，而是流水旁边有一棵梅花树，满树的繁花盛开，一片白色。梅花盛开的时候变成浅粉的那个白色，而这个一片白色的花树的影子，总在那水中心的一片白色的光影中摇动。这个话很难加以解说，你说这有什么好处？这是什么样的情意？可是你要知道在你面对着这一片白色的光影，一直在那水波中心摇动的时候，人是很难说的，就是在这种光影的摇动之中，呼唤起你内心之中的一种摇荡的感觉。《诗品》上说“故摇荡性情，形诸舞咏”，“摇荡”，使你的心情摇荡。“波摇梅蕊”，他所说的“当心”，已经不再只是“波心”了，也是“当”诗人的心、作者的心。“波摇梅蕊”，梅蕊在中心摇动，何尝只是摇动在水中？岂不也摇动在作者诗人的心中吗？你问我怎么知道他说的是作者的心中？因为跟下一句对句，“当心”“贴体”，你看说得多么密切的关系。“风入罗衣贴体寒”，风吹进了我的罗衣，真是使我亲身地接触到这一份寒冷的感觉，所以“风入罗衣贴体寒”。“当心”“贴体”，何等真切的这一份孤独和寒冷的感觉。我要再说一句话，诗词里边有没有深意？“波摇梅蕊当心白”，不只是梅花的影子在水里，是我的心都随着梅花的影子在动荡。你怎么知道？什么样的诗能够呼唤起人这种内心的摇荡？阮籍的《咏怀》诗说：“薄帷鉴明月，清风吹我襟。”人称阮嗣宗的诗说：“言在耳目之内，情寄八荒之表。”他所写的就是眼前的一个薄的窗帷，被月光照明了，清风吹入了我的衣襟来。为什么人对阮嗣宗的诗，“言在耳目之内”，感受到“情寄八荒之表”？因为他的字句里边带着他内心这么深刻的感发的力量，他的字句传达了这样感发的力量。那“薄帷鉴明月”，明月所照彻的，明月的月光所穿透的岂止是一个薄帷，是穿透了诗人的心灵的；清风吹的岂止是我衣服的衣襟？是吹到我的内心的胸襟的深处的。所以正中说“波摇梅蕊当心白，风入罗衣贴体寒”，这样孤独的、这样寂寞的、这样寒冷的境界，为什么不逃避？为什么不安排？他说“且莫思归去，须尽笙歌此夕欢”，这正是冯正中的热烈、执着，他在痛苦的感情面前，是负荷他精神感情的痛苦。“风入罗衣贴体寒。且莫思归去，须尽笙歌此夕欢”，你说他不是写的欢乐吗？他说我要尽兴去听歌，笙是笙箫的演奏，听音乐的笙歌，要尽量享受今天晚上的欢乐。可是你回头看第一句，他不是说“酒罢歌余兴未阑”，不是才来到“小桥流水共盘桓”，不是才有“波摇梅蕊当心白，风入罗衣贴体寒”吗？他所写的是整个一个不得解脱的一种循环的、固执的、缠绵的一种感情的心态。

我说他承前，我说了他是从温飞卿不具个性的艳词，韦庄有鲜明个性的、抒情的诗篇，到他所写的、所传达的不再是感情的事件，而是一种感情的意境，是词里边所能够传达出来的那最幽微、最深隐的心灵深处的感情的意境，这是冯正中的成就。冯正中对后来的影响，是北宋初期的小词，一种最好的、最值得注意的成就，就是在这些小词中所写的、外表的闺阁园亭，相思离别的表面的事物之中，能够传达表现词人作者心灵、感情、品格的境界。而大晏（晏殊）、欧阳修都是继承着冯正中这一个系统下来的，为什么大晏、欧阳修继承了这一系统？有内在、外在的多种原因。我们先说一个最肤浅、最表面的原因。冯正中做宰相的时候，南唐的国势是进不可以攻、退不可以守，到底是攻还是守？而且不进则退，你不攻就坐待消亡。所以他们曾经发动了两次战争，一次是伐闽之役，一次是伐楚之役，两次都落到失败的下场。当伐闽之役失败的时候，冯正中宰相的官职被罢免了，被派到抚州去做节度使，而抚州的所在地是现在的江西临川县附近六个县。晏殊哪里人？江西人。欧阳修哪里人？江西人。而且历史上记载说：晏元献公（就是晏殊），从他少年没有贵显之前就特别喜欢冯正中的歌词，因为冯正中在抚州住了差不多三年之久，抚州那里传唱了冯正中的唱词，影响了在抚州生长的大晏。冯正中被罢免了宰相后到抚州，对冯正中个人的仕宦的经历而言，是不幸的；可是对于中国词的发展，对于后来晏殊、欧阳修的成就而言，那是一件幸运的事情。一个人对后世有什么影响，古人说盖棺就可以论定，其实盖棺都不见得论定。要看你千百年后的影响，对于你的国家民族、子子孙孙的文化，任何一方面留下的是什么样的成绩和影响。这是很难说的一件事情。他是影响了大晏和欧阳修，可是我又要说了，每个人的性格是不同的。他们有相似的地方，然而他们并不全同。相似的一点是他们都能够传达出来一种词里所能传达的心灵感情的、最幽微深隐的感情的意境，而不是一个外表的感情的事件。这是所以王国维也往往从大晏、欧阳修的词里边引起很多联想的缘故，因为它本身带着这么丰富的感发的含蕴。但是大晏、欧阳修的性格都与冯正中不同。冯正中是热烈执着，而大晏不然，他在性格方面有明朗温润的一面，也形成了他的词的风格。其实大晏性格是很复杂的，大晏性格有刚峻的一面，可是我在《迦陵论词丛稿》里边写过一篇大晏的词，我今天来不及说了，你们可以参看一下，大晏有一种理性的反省和安排节制。所以他把激动的感情都用理性给控制了，都用理性把它溶解了，所以表现出来一种明朗而温润的光泽。欧阳修这个人，有一种豪放的、遣玩的意兴。冯正中在痛苦之中是担荷起他的痛苦的，欧阳修在痛苦之中是找一个排解的方法。他有一种消遣和排解的意味和兴趣，是一个会欣赏人生、享受人生，有排解力量的人。我要说，古往今来的词人，如果你果然想要在你的品格方面有一种操守，是要看在忧患、挫折加到你身上来的时候，你要怎么样地对待它。而每个诗人词人所形成的不同的风格，都与他们面对忧患、挫折所取的态度有密切的关系。“莫听穿林打叶声，何妨吟啸且徐行”，这正是苏东坡之所以为苏东坡也。至于欧阳修的词“尊前拟把归期说，未语春容先惨咽。人生自是有情痴，此恨不关风与月。　　离歌且莫翻新阕，一曲能教肠寸结。直须看尽洛城花，始共春风容易别”，此欧阳修之所以为欧阳修也。每一个人面对苦难的态度是不同的，他们有相似的地方，可是他们也有不同的地方。所以大晏和欧阳修虽然都曾受了正中的影响，都可以在小词中表露一种品格、感情、心灵中的最幽微深隐的境界，然而他们词的风格却是并不相同的，以后讲到大晏和欧阳二家词时再对这方面多作分析。

严谨整理

4 第四章 论李煜词

第一讲

论李煜词之一

我们所要谈到的第四位词人是李后主——李煜。对他的词的评价，曾经有过争论。因为衡量一首词既有美学的价值也有伦理学的价值，过去的评论多以为李后主早年及亡国之前词的内容是享乐淫靡的，内容是空泛不足取的；亡国之后的词，在艺术上虽有极高的成就，所写的感情也有动人之处，但这种感情是伤感的、萎靡的、不健康的、悲观的。

这些批评都是正确的，并无错误，可是我在讲课开始的时候就曾说过，如果读词只从表面所写的感情事件来看，所有的词从一开始就都应该进行批评，何须等到李后主。所以若只以词之所写的外表情事为标准来衡量，词的这种韵文体式之内容就有许多应予批判的了。然而我曾经强调过词这种体裁是能带给我们言外之意的，词之特有的一种感发，并不在于叙写的事件，而是在超出事件外表的善恶是非之外的一种精神上的感发作用。王国维就曾说过“词之雅郑，在神不在貌”，词是突破了世俗伦理价值的衡量，而从美学价值升华到另一种精神上之伦理价值的。王国维对李后主有他的看法，他并不着眼于李后主词所写的外表事件，而是看他艺术上的成就和精神上的感发。王国维在《人间词话》中对李后主的几句批评外表看似矛盾，而其中却有一个道理贯串其间，他曾说：

词至李后主而眼界始大，感慨遂深。

又说：

后主则俨有释迦、基督担荷人类罪恶之意。

又说：

生于深宫之中，长于妇人之手，是其为人君所短处，亦即为词人所长处。

现在我要提醒大家注意的是关于对李后主的评论中的几点矛盾之处。他说李后主是“生于深宫之中，长于妇人之手”，不知人世间的艰难困苦，没有一般人所有的生活经验，这是李后主“为人君所短处，亦即为词人所长处”，这句话与“词至李后主而眼界始大，感慨遂深”岂不互相矛盾。如果说李后主的生活范围狭窄，为什么又说词至李后主才“眼界始大，感慨遂深”呢？而说李后主“俨有释迦、基督担荷人类罪恶之意”，又是什么意思呢？我以为王国维所谓“释迦、基督担荷人类罪恶之意”只是一种比喻，并非实指。释迦眼看到人类的痛苦，说我不入地狱谁入地狱，是要以一人负担使众人超脱的责任；基督则是被钉在十字架上流尽鲜血，要洗尽所有世人的罪恶，这些都是宗教的内容。王国维这两句话并非谈宗教，他的意思是说李后主的词也是以个人的感受写尽了世上人类所有的悲苦，这是王国维的主旨所在。如果是一个“生于深宫之中，长于妇人之手”的人，怎么可能眼界大、感慨深，他从哪里了解人世间的悲苦，他又见过多少贫苦人们的颠沛流离，他怎么去担荷人类的悲苦，王国维所说的话真是只可为知者道，而不易被一般人所了解，因为他的道理说得不够完全，不够仔细。如果说“生于深宫之中，长于妇人之手”就是作为词人的长处，那么所有的诗人、词人都不用有生活的实践了。杜甫之所以伟大正是天宝的乱离和民间的疾苦所造就的。所以这是一点矛盾的地方，是我们在讲李后主词所必须分辨明白的，王国维的话是对的，但不够明白。辛稼轩为收复中原写过《九议》《十论》，表现出他的雄才大略，但他不也是伟大的词人吗？！所以王国维说“生于深宫之中，长于妇人之手”是为词人之所长处，是严重的语病。我今天所要说的是要对这些矛盾稍加解释。

所谓“生于深宫之中，长于妇人之手”是词人之长处的一个基本道理不是在于他的见闻之少，王国维所肯定的不是见识少才成为杰出的词人，王国维是认为“词人者”，应该是“不失其赤子之心”，也就是说应保持一份最真纯的感受和心意。李后主最大的一个特点乃在于他是一个纯情的词人。作为一个诗人或词人最可贵的一点是以其真纯的面目与世人相见，李后主有许多缺点，但他最可贵的是有天性真纯的一面。我以为中国词人诗人中最能以真纯之面目与世人相见的，词人之中就是李后主，诗人之中就是陶渊明，所以黄山谷评陶诗曾说：“渊明不为诗，写其胸中之妙耳。”他们坦荡地写出心中的情思，这是极可贵的。别人写诗写词，有许多世俗的见解、利害的计较，就连李白、杜甫也不能避免，杜甫就曾说“语不惊人死不休”，这本不是坏事，在艺术上精益求精是对的，但有这种想法，在写作时就有了一种人我的比较，有了利害得失的念头存在心中，老想着别人对自己作品的评价。但陶渊明、李后主写诗写词时却能不计较别人的批评，而把自己真纯的本色展示在别人面前，陶渊明说：“摆落悠悠谈，请从余所之。”（《饮酒二十首》其十二）又说：“知音苟不存，已矣何所悲。”（《咏贫士七首》其一）自己的行为全不以别人的议论为转移，而一切皆以“任真自得”为主，这是陶渊明的特色。至于李后主，虽然也能以真纯的面目与世人相见，但他们二人之间却也有很大的不同。他们相似的一点是都能以真纯之面目与世人相见，可是他们的面目却原是不同的。诗中之真是重要的，是诗词创作的基本条件，然而“真”在本质上也有不同，一种是刮垢磨光后像真金美玉般晶莹精粹的“真”，另一种则可能是未经琢磨的本质的“真”。无论敢以哪一种“真”与世人相见的诗人和词人都不多，只有陶渊明是“豪华落尽见真纯”。李后主也是“真”，但截然不能与陶渊明相比，陶渊明是最富思想性的诗人，他“一切景语皆情语”，而所有的情语又皆是思语。陶渊明的思致是非常富有反省和节制的，没有一点任纵的地方，他的感情是澄澈晶莹的。这一点可以说是古今诗人都难以企及的。至于李后主虽然也能以真纯与世人相见，但他却最缺少反省，缺少节制。我在多年前所写的《王国维及其文学批评》一书中曾讨论到王国维早年所写的《红楼梦评论》，把李后主及曹雪芹笔下的贾宝玉作了一番比较，他们中有相似的地方，也有不同的地方。李后主真纯的一面也许有近似贾宝玉的地方，生于深宫之中，长于妇人之手，缺少反省和节制，这是《红楼梦》书中的主角与李后主的某些相似之处。再就《红楼梦》这本书在中国小说史中的地位而言，这本书所写的内容有作者曹雪芹他个人本身的生活体验和经历在其中，与以前之以写笔记、传闻、神话、故事和历史演义之内容为主的旧小说相较，《红楼梦》可以说是对中国旧小说的一种突破，因为中国旧小说所写的大多都是旁观者言，而很少有人投入自己的生命感情，曹雪芹的《红楼梦》正如脂砚斋批语说的那样，是“字字看来皆是血，十年辛苦不寻常”，是以他生活的体验写成的，所以他才突破了中国旧小说的传统。而如果就这点而言，则李后主的词对词之发展的突破便也与之有相似之处了。李后主的词之所以“眼界始大，感慨遂深”，像王国维所说的那样能突破《花间集》的传统，就因为《花间》以来的传统侧重于描写闺阁园亭之内的相思怨别，是歌筵席间的艳歌俗曲，而李后主则把他自己的破国亡家，“四十年来家国，三千里地山河”的这种悲惨痛苦的遭遇写进去了，这正是他之所以拓展了词之境界的一个重要原因。不过，曹雪芹与李后主也有很大不同，曹雪芹在经历了大家族的败亡的时候，他是有反省、有观察的，所以他在《红楼梦》里所写的就不只是一个人的家族灭破的惨痛而已，而是由这一家族的破灭之中看到了人间的种种不平，所以他写成的《红楼梦》就反映了当时的封建社会的人生诸相。李后主也经历了悲惨的遭遇，他虽然由此而突破了传统，写出了气象开阔博大的词，但由于缺乏反省和节制，并没有获得理性的观察，这自然是李后主的缺点，但他却也毕竟以自己惨痛的经历体会了人间悲苦的共象，这就是王国维之所以又赞美李后主“俨有释迦、基督担荷人类罪恶之意”的缘故了。至于说李后主“生于深宫之中，长于妇人之手”，则并不是赞美他的见闻少，而是说他由此而保持了自己天性感情性灵上的一份真纯。所以当他接受世间万物之时，才能够以自己最真纯敏锐的心灵去感受。一般说来，我以为对人生的认识有两种不同的类型。一种是外延的，所谓外延者是指对人生的体验要与周围许多事物结合起来，即如王国维所谓“客观之诗人，不可不多阅世”，他要观察的人生越广，才可以写出多方面的人生诸相。另外一种类型是内感的，是以真纯敏锐的内心本身去体验人生，不需要一件件事地去认识，这种心灵就如同一潭清水，如果他受到一块石头的打击，水面便会由这个打击点荡漾开去，达到一个博大的境界。这正是一颗纯真善感的心灵一旦受到打击，就会感到人间共有的莫大的悲苦的原因。李后主便是具有这种心灵的人。“生于深宫之中，长于妇人之手”而要写出“眼界始大，感慨遂深”的词来，并非一件易事，并不是所有“生于深宫之中，长于妇人之手”的人都可以成为词人的。李后主在经历破国亡家之后，因为具有纯真敏锐的心灵，所以才得以以一己之悲苦体会到众生的哀痛，这是李后主最值得注意的地方。以上是我对王国维的两段看似矛盾的批评的一点解说。

对于有人将李后主的前后期作品作了截然划分的问题，我们也要将之统一起来看，我以为李后主的词在外表看来虽然可以分成前后期的不同风格和内容，可是我也曾强调过不要只看作品所写的外表情事，而要着重考查词人作品之精神品质的内涵，这才是关键。李后主的词虽然说外表上有前后期的不同，但它们却有一个共同的内在的核心，那便是李后主一片真纯的词心，也就是王国维提出的“词人者，不失其赤子之心者也”。当然，王国维说“不失其赤子之心”，是因为他认为李后主“生于深宫之中，长于妇人之手”，没有经历过人生的险诈，才保留了赤子之心的纯真。当然这也不必然是如此的。有许多人经历了无数的挫伤和艰苦，仍保持了赤子之心。不过，无论如何，李后主词的一个最大特色就是他的真纯的赤子之心。如果我们把李后主的词和晏殊的词作对比，则一个是纯情的词人，一个是理性的词人。二者比较，纯情词人的一切感受是纯真的、直接的、敏锐的，所以每有一个感受来到他心中的时候，他都是没有反省没有节制地非常直接地反射出去的，这样的词人的感情就如同滔滔滚滚的江水奔流不息，而江水是随地赋形的，遇平原则平，逢高崖则澎湃，只是任凭感情的奔流。在中国历史上，许多纯情的诗人的感情都是如此，在不同的环境背景之中，他就会写出不同内容不同风格的作品。所以李后主在没有亡国之前，在宫中所写的便是晏安享乐的歌词，当他破国亡家之后，他所写的就是深悲极痛的歌词，这正是一个纯情的词人的基本表现。虽然是两种不同的内容，两种不同的风格，但基本的本质却是相同的。无论是在前期或后期的作品中，李后主表现的都是他自己的纯真的面目。众所周知，李后主有一个浪漫的故事。李后主初娶大周后（与小周后对称而得名），时后主十八岁，大周后十九岁，大周后非常聪明，懂音律，善弹琵琶，曾得唐朝《霓裳羽衣曲》的残谱，她把它整理出来并亲自弹奏，那时，李后主与大周后有过这样一段美好的生活。大周后二十九岁时病逝，而当大周后患病期间，她的妹妹小周后来到宫中，她比大周后小十四岁，时仅十五岁。以中国的伦理而言，后主和小周后之间是不应该有什么感情的事件的，可他却与小周后发生了感情，以后小周后就留在了宫中，并没有与后主正式结婚，直到后主三十二岁时，才立小周后为皇后，时小周后十九岁。在大周后病重期间，在伦理道德不允许他和小周后发生感情关系的情况下，他们却相爱了，这期间李后主写有几首词，连夏承焘先生的《南唐二主年谱》也认为是为小周后写的。我想大家都知道这一首《菩萨蛮》上半首写的是："花明月暗笼轻雾，今宵好向郎边去，刬袜步香阶，手提金缕鞋。""刬袜"是脱下鞋只穿袜子，因为他们私自幽会，怕惊动别人，故脱了鞋子走路。"香阶"，词尚丽字，所以灯则曰"香灯"，阶则曰"香阶"，而李后主的宫中有主香宫女，各处都弥漫着香气，所以他的庭阶还真有可能是香的。"手提金缕鞋"，是她把金缕鞋提在手上，偷偷走下台阶。写得何等真切。这样的词在内容上当然不足取，但是我们要从这里认识李后主，那就是他的真纯。有多少人有刬袜香阶的幽会也不敢写“刬袜步香阶”的词句，而李后主能以这样真纯的面目与世人相见，就自然比那些虚伪造作、满口仁义而做尽卑鄙之事的人高明磊落得多了，这是非常难得的。还有一件事也可见出李后主的真纯。当后主亡国到了北方，有一次，宋太宗曾问后主故臣徐铉到北方后见没见过以前的主人，徐铉回答说不敢私自去见，太宗令往见之。徐铉见到后主，后主对他说：“当时悔杀了潘佑、李平。”潘佑、李平是过去南唐的大臣，潘佑曾屡次上书后主，劝诫他不得耽于晏安享乐，应该为国家谋划一个大计，说你要做亡国之君，我们不愿做亡国之臣，是一位忠义之臣。李平是北人，不得重用，后来和潘佑一起被后主赐死。而在当时的政争之中，徐铉就是常在后主面前诋毁潘、李的那些人中的一个。对于此事，宋人书中多有记载，而且说徐铉在投降赵宋之后，宋朝令他记录南唐政事，他在书中还有对潘佑的诋毁和怨恨。李后主身为亡国之囚，见到徐铉所说的唯一的一句话却是“当时悔杀了潘佑、李平”。这是何等的言语，但使有一点反省和节制，何至于要向徐铉说这句话，这又是一点都不顾时间、场合的。这些都说明了李后主的纯真，而他在亡国后写词还写“春花秋月何时了，往事知多少。小楼昨夜又东风，故国不堪回首月明中”，心心念念的是他的故国，和蜀后主刘禅亡国后说此间乐，“不复思蜀”的答复相比，刘禅便保全了自己的生命，而李后主虽然投降了，却仍不能保全其性命，终被太宗赐牵机药毒死了。不管李后主亡国前所说的“刬袜步香阶”，还是亡国之后所写的“故国不堪回首月明中”，其中基本的一点——纯真是不变的。

第三章 论冯延巳词

第二讲

论李煜词之二

现在，我们先讲一首李后主在亡国前所作的《玉楼春》。这首词的内容空泛，然而你仍然可以从这种空泛之中认识到李后主的特色之所在。全词如下：

晚妆初了明肌雪，春殿嫔娥鱼贯列。凤箫声断水云闲，重按霓裳歌遍彻。　　临风谁更飘香肩，醉拍阑干情味切。归时休放烛花红，待踏马蹄清夜月。

李后主的词是他对生活的敏锐而真切的体验，无论是享乐的欢愉，还是悲哀的痛苦，他都全身心地投入其间。我们有的人活过一年，既没有好好地体会过快乐，也没有好好地体验过悲哀，因为他从来没有以全部的心灵感情投注入某一件事，这是人生的遗憾。李后主的词以真纯与世人相见，多用平淡浅直的话，不雕琢、不修饰，周济《介存斋论词杂著》说："毛嫱、西施，天下美妇人也，严妆佳，淡妆亦佳，粗服乱头，不掩国色。"他认为李后主的词就是粗服乱头，不矫揉造作扭怩作态，而自然有倾国倾城的美丽，所以他的词的特色也便在于其本质的纯真。他说"晚妆初了明肌雪"，李后主有时说女子是"晚妆"，有时是"晓妆"，这首词说的就是"晚妆"。当时享乐的宫廷贵妇是很注重化妆的，"晚妆"和"晓妆"一定有区别，晚妆是更浓丽的、更精致的化妆。"初了"二字与温飞卿的"新贴绣罗襦"的"新贴"二字有异曲同工之妙。"晚妆初了"是刚刚化完妆之后最美的时刻，所以后主说她们是"明肌雪"，不但肌肤如同雪一般洁白，而且明艳照人，是果然觉得其容色之间有一种光彩的闪烁。"春殿嫔娥鱼贯列"，是写春天宫殿里的宫娥之众，"鱼贯列"是像鱼游时之一队有首有尾的排列，而且有游动柔婉之姿。以"鱼贯列"写宫女的袅娜姿态，他所见的便不只是"晚妆""春殿""嫔娥"的美丽。而且在鱼贯的排列之中也隐然有舞队可想了，这一切是属于他视觉的享受。而后主的享乐又何止于此，他还有听觉的享受，说"凤箫声断水云闲"。

"凤箫"者，是参差不齐的排箫，"参差其管，以象凤翼"，单管的箫吹是单调的，排箫的音色则很丰富。有的本子作"笙箫吹断"，我以为"笙箫吹"连用三个平声字，显得声音太浮，"凤"字是去声，不仅加重了声音，而且"凤"字也显得更华贵精美。李后主的词流传得很多，版本也多，"水云闲"三个字，也有的本子作"水云间"。如果是"间"字，是说那凤箫之声余音袅娜（古人不是说"余音绕梁，三日不绝"吗），低声飘浮回响在水云之间。水在地上，云在天上，这当然也不错。不过，"水云间"实在没有"水云闲"好。"闲"字里面不仅包括了"间"字的意思，而且还有一种闲远悠扬之感，而且水云之"闲"，还表现了水之闲缓的流动，云之闲缓的飘移，是在水云闲缓的流动飘移之间有箫声的回荡，这是所谓"凤箫声断水云闲"。李后主接着说"重按霓裳歌遍彻"，是一曲接着一曲的演奏。"按"是演奏之意，要演奏的是"霓裳"之曲，这曲子在唐代"最为大曲"。所谓"大曲"就是唐宋之间有多段歌词排列起来的曲子。李后主要用最好的乐器——凤箫，要演奏最好的曲子——霓裳，而且"重按"就是重奏、再奏的意思，可知是不止一次地演奏。由此我们也可见出李后主做人也是作词的基本态度，那就是尽情地投注和耽溺，享乐是如此，写作也是如此。"歌遍彻"有两层意思，两层作用。先从字面上来讲，"遍"者是周遍之意，从头到尾的，没有遗漏的；"彻"是贯彻之意，是自始至终的。而"遍彻"除了外表字义的这些"普遍""通彻"之意以外，"遍""彻"还都是大曲中的名目，大曲有所谓排遍、正遍、衮遍、延遍诸曲。至于"彻"，王国维《宋元戏曲史》中记大曲始时节奏缓慢，而后声转激烈，舞者入场，进入高潮；鼓声最急，舞姿旋转最快的时候是大曲中的“入破”，所以欧阳修有词云“入破舞腰红乱旋”；入破以后的曲子就叫“彻”。所以遍、彻本身也是大曲中的名目，而且是乐曲声音的高潮。“凤箫声断水云闲，重按霓裳歌遍彻”，这是李后主听觉的享受。另外，他还有嗅觉的享受，“临风谁更飘香屑”。他真是全心投入享乐，除了美丽的舞姿和音乐，他还闻见了随风飘来的香气。后主宫中有主香宫女，将香料之粉屑遍撒宫内，使香气弥漫于四周。用“更”字是为了突出上述色、声的享乐外，又多了新的享受内容，更何况下边的“醉拍阑干情味切”，又多了一种味觉的享受，是那品中的美酒，“醉拍”。《毛诗大序》说：“情动于中而形于言，言之不足……故永歌之，永歌之不足，不知手之舞之、足之蹈之也。”“情味切”，是深切的情味。以上写的享乐已达到极致。而即使歌舞散了，李后主仍然是要享乐的，所以末二句说：“归时休放烛花红，待踏马蹄清夜月。”是说我回去的路上，你们不要点上那红色的蜡烛，因为我要骑着马去踏那清夜的一片月色，而且在“待”“踏”等字中还隐然使读者似乎听到了静夜之中马的蹄声。这首词在内容上确实没有高远深厚的情意，是十足享乐淫靡的，可我们所要看到的是李后主以真纯的、不假雕饰的面目与世人相见，而且敢于以其真纯倾心投身于他所喜爱的事物之中。我们不管他所喜爱的是什么，值得体会的是他那种全身心投注的精神。

接着我们要讲的则是他以同一种精神在亡国后所写的全心沉入哀痛之中的一首小词，从这首词中我们可以看到他怎样以真纯的心灵去“担荷人类罪恶”，怎么以一己的哀伤去体会人类所有的共同的悲慨。而以这样的小词写尽这种悲慨，是只有李后主一人做到的。这首小词便是《相见欢》：

林花谢了春红，太匆匆。无奈朝来寒雨晚来风。　　胭脂泪，相留醉，几时重？自是人生长恨水长东。

周济的《介存斋论词杂著》曾评李后主的词是“粗服乱头，不掩国色”，王国维对周济的评语有一点误会，他以为周济说温飞卿是严妆，韦端己是淡妆，都是赞美的话，说李后主是“粗服乱头”，而“粗”“乱”有不好之意，所以王国维以为周把李后主的词贬低于温韦之下。其实周济的评语重点在后面的一句“不掩国色”，就是说有的女子要严妆或淡妆才美丽，而李后主不要这些，他无须修饰，也不可遮掩他倾国的美色，他不作雕琢修饰写出来的词就是最好的词。我以前曾说陶渊明也是最能以真纯与世人相见的，但是陶、李二人毕竟有所不同，陶渊明的真纯是如日光之七色融为一白，他的诗表现得最为单纯，而其内容所含的情意则极为繁富，而且充满思致。最可见其反省和节制，即如其“人生归有道，衣食固其端。孰是都不营，而以求自安”（《庚戌岁九月中于西田获早稻》）等诗句，语言何等简净，而情意何等深远，他对人生有过多少次的斟酌思量才选定了最后的立足之地，他说人生固然应该有理想，但不可以不穿衣吃饭去空谈理想，所以穿衣吃饭才是人生的基础，谁能对衣食都不谋求而去只求自己的心之所安呢。陶渊明要保持自己的人生理想，而怎样的一条道路才是不自欺也不欺人的道路呢？经过选择他终于走上了与士大夫阶层告别而归隐躬耕的道路了。陶渊明是以最简净的语言写出最深远的内容的一位作者。至于李后主则是以最直接最单纯的语言，传达出了最直接的深入人心的感动力量的一位作者。有些评诗人常常争论诗歌的写作究竟应以浅白为好，还是应以艰涩为好，其实浅俗可以为好，浅俗也可以为不好。同样，艰涩也可以为不好。二者的分别在哪里呢？只有一个标准，就是“修辞立其诚”，也就是找到一个恰如其分的句子，传达出你所要传达的感发。杜甫所写的“香稻啄余鹦鹉粒，碧梧栖老凤凰枝”，是他《秋兴八首》最后一首中的两句诗，他要传达的是什么呢？有人说这两句诗不通，应该将“鹦鹉”和“香稻”对换，“碧梧”和“凤凰”对换，成为“鹦鹉啄余香稻粒，凤凰栖老碧梧枝”，鹦鹉有嘴可以啄香稻，凤凰有脚可以栖于梧桐，这样有主词，有动词，有形容词，有宾词，才是一个完整通顺的句子。那么，杜甫为什么放着这样通顺的文法不用，偏要写成不通顺的句子？难道他是卖弄才学，为不通而不通，为颠倒而颠倒吗？不是的，杜甫是“修辞立其诚”。因为如果把这两句诗换为“鹦鹉啄余香稻粒，凤凰栖老碧梧枝”，就变成非常写实的句子了，是说那鹦鹉吃不完香稻粒，凤凰栖落在碧绿的梧桐枝上。然而，杜甫要写的本不是鹦鹉和凤凰，更何况凤凰本非实有之物。杜甫要写的是对开元盛世的怀念，杜甫在《忆昔》诗中就曾说：“忆昔开元全盛日，小邑犹藏万家室。稻米流脂粟米白，公私仓廪俱丰实。”他说在开元之际，国家是富裕的，粮食吃不完，无论是公家还是私人的仓库，储存都是充实的。杜甫在夔府怀念旧游之地——长安的渼陂，这个地方附近有一片稻田，香稻是那样好，那样多，不单是人吃不完，加上人养的鹦鹉也吃不了。由此可知，杜甫并不是要写香稻，而是写香稻所代表的开元盛世。史书记载，前秦时在长安至渼陂的路两旁遍种梧桐树，那时的渼陂景色美得足以吸引凤凰栖老其上。所以杜甫要写的本不是鹦鹉啄香稻和凤凰栖碧梧的事件，他要写的是长安的美丽和对开元盛世的怀念，这才是杜甫要将句法颠倒过来的原因，因为只有如此，才能够恰如其分、恰到好处地把他对开元盛世的怀念之情传达出来。所以，修辞一定要注意到这一点，修辞绝不是咬文嚼字，雕章琢句，那完全是不对的。至于李后主的"林花谢了春红"这句词，同杜甫的艰涩有其艰涩的好处一样，李后主"谢了"二字的浅俗白话也有它浅俗白话的好处。杜甫的诗还有可以讲述发挥之处，把它颠倒了的再颠倒过来讲，有许多可说的话，而李后主的"谢了"二字就说得那样浅俗明白，好像把什么都说清楚了，使你无话可讲。可是你要知道，"谢了"两个字是从他内心中流着泪、淌着血写出来的，这很难讲得明白，这"谢了"二字传达的惋惜的口吻，不只是英语中的过去完成式，说是林花已经完全谢了，它不光是时间概念上对凋谢的确定，而着重的是"了"字所表现的毫无挽回之余地的遗憾，它所包含的那样多的嗟叹惋惜的感情，给予我们一往无回的、一心投注的力量是非常强大的。与此相对比的，正是因为所传达的感情的不够充实，所以宋徽宗才写了"裁翦冰绡，轻叠数重，澹着燕脂匀注"这样的词句，尽管用了许多漂亮的字眼，却并未能在感情的传达上起重要作用，最终没能将感发的力量表述出来。而李后主的奇妙就正在善于直接传达感发的力量，这是李后主独具而别人无法学步的，正是因为唯有真淳心灵的人才能写出这样的词来，虽用浅俗之白话却有包举之意。

下边，我们来看他是怎样包举的。“谢了”固然是写尽了哀痛伤心，是泪点血滴的凝聚而成，但他的好处绝不止于此。“林花谢了春红”，什么是“林花”？那不是一株一棵的花，而是满林的花，是屈原说的“哀众芳之芜秽”。另外，我们在讲温庭筠的词时讲过，说他常常标举精美的名物，像“双鬓隔香红”，“香”是花之气味，“红”是花之颜色，是从直接的感受掌握花的两个特点，是直接的美感的感受，李后主说“林花谢了春红”，他的“春红”和“林花谢了”结合在一起，就不仅是温庭筠的直觉的美感而已了。他这“春红”二字代表的是什么？“春”是一年之中最美好的季节，“红”是颜色中最绚丽的色彩，也就是说“春红”所代表的是最美的季节中最美丽的花朵。曹丕在《与吴质书》中谈道：“德琏常斐然有述作之意，其才学足以著书，美志不遂，良可痛惜。”是说应德琏既有著述之志，而兼有完成著述之才学，而这样的人竟不能实现他的志意，所以他的去世，使人惋惜痛心。如果本来就是丑陋的花凋零了，原不必为它感到痛惜，反应感到庆幸，而李后主所写却是在最美好的季节中最美丽的林花的零落，岂不让人痛悼哀伤？李后主就是这样用他浅近通俗、不加雕琢、不假修饰的语言传达出他对宇宙人生的深重的哀悼痛苦的感情。但只是这些都还不足以完全表现出李后主的感情，他接着说的是“太匆匆”，这后面该画一个感叹号。李后主写词的时候，没有雕章琢句的故意，他看到林花的零落，他是真的内心之中充满了痛悼惋惜，他就把本心中的感受真率地表现出来——“林花谢了春红，太匆匆。”“太匆匆”三字中表达的痛惜之情是非常深刻的，“匆匆”是短暂的，又加一个“太”字，则极言其短暂。何况下面还有“无奈朝来寒雨晚来风”一句，有的版本“晚”字作“晓”字，此乃二字形近之误。这里一定是“晚”而绝不是“晓”，因为在中国古典文学中一向有这样一种情形，就是早晚的对举。刚才我们说李后主词有包举之意，李后主的词之所以眼界大、感慨深，就在于他能以这样的小词写出能担荷宇宙间所有有生之物的悲苦的感情，而这句词中他的包举的意思正是在这“朝来寒雨晚来风”的错举中传达出来的。当然，这种错举并不始于李后主，早在屈原的《离骚》中就有“朝饮木兰之坠露兮，夕餐秋菊之落英”的句子，屈原当然并不是只靠饮露水吃花瓣生活的，太史公司马迁赞美他说：“其志洁，故其称物芳。”他以“朝”“夕”二字的错举表现他生活自始至终的纯洁。而李后主“朝来寒雨晚来风”也正是说那朝朝暮暮的冷雨寒风，不是朝只有雨没有风而晚只有风没有雨。更且把“无奈朝来寒雨晚来风”结合在“林花谢了春红”的后面，“林花谢了春红”是对林花之零落的惋惜，尽管这一句像是只写了一种自然界的现象，而“谢了”二字却已明显地透露了他自己的惋惜之情，更何况又加上了“太匆匆”三个字，直接的感发竟引起他这样大的感情激动。如果在花开的短暂时间里，总是阳光灿烂，风和日丽，那也不辜负了这几天的生命，可是这短暂的几天却充满了挫伤打击，李后主看到花的零落，他自有一份悼惜哀痛之情，而他亲眼看到这些花在朝暮风雨的摧残之下凋残零落，却无可奈何，无法挽救，这就是李后主的悲哀。上天并不因为林花的凋谢而停止冷雨寒风，它们仍旧吹打着，所以李后主满怀哀悼地说“无奈朝来寒雨晚来风”。

讲到这里，以上都是李后主对花的哀悼，而李后主又何只是对花的哀悼，他更了不起的地方是笔锋一转而更写道："胭脂泪，相留醉，几时重？自是人生长恨水长东。"从林花写到了人生。李后主之所以了不起，正在于他是以其最纯真最诚挚最敏锐的心灵去体验人生，故而即便是林花春红的凋落这一个打击，也使他由此认识到了宇宙整体的悲哀，这才是李后主之所以眼界大、感慨深的缘故，是他最了不起的地方。这样，他所写的"林花""春红"就不再是单纯的林花春红了，而是人间一切最美好的生命在挫伤打击之中的零落消亡以及对此的无可挽回，而"风""雨"则正代表了人生的苦难和忧患。辛稼轩的一首词有句云："可惜流年，忧愁风雨。"（《水龙吟·登建康赏心亭》）辛稼轩一生志在收复，而当年华老去，壮志未酬之时，他很自然地将"忧愁"和"风雨"联系在一起了，这"风雨"就显然不是自然界的风风雨雨了，而是人世间的挫折忧患。李后主也是以一点笼罩全面，以错举达到遍举的效果的，他由林花的春红自朝至晚被风吹雨打，进而慨叹到所有有生之物命运的无常。接下去我们看李后主的转折："胭脂泪，相留醉，几时重？""相留醉"，有的版本作"留人醉"，这两种版本可以说都可取，但习惯上，我一般都讲"相留醉"，因为末句是"人生长恨水长东"，又有一个"人"字，在短短的小令中一般是不可以重复使用同一个字的。"胭脂泪，相留醉，几时重"，三个短句一步一个转，由花转到人，然后再分两步完成，一是花与人的关系，然后将花与人合一，花就是人，人就是花，完全从花写到了人。"胭脂泪"，胭脂是红色的，也就是林花的春红，"胭脂泪"可能就正是朝来寒雨留在花上的雨滴。可是李后主没有这样写，他说是"胭脂泪"，胭脂是女子脸部的化妆，泪，也是人才有的，这是李后主把花拟人化了，他说他看到花瓣上的雨点就好像女子擦有胭脂的脸上的泪点一样。人们常说花能解语，花好像是有知觉，有感觉的，好像可以听懂人的话，可以与人交流感情。和李后主对谢了的春红存有如此深厚的感情一样，辛稼轩也写过“我见青山多妩媚，料青山见我应如是”（《贺新郎》“甚矣吾衰矣”）——你看见青山觉得妩媚，可知其性情相投，若青山有知，一定也会喜欢你。李后主既然对林花有这样诚挚纯真的感情，假使林花有知的话，必将以同样的感情回报李后主的。所以李后主说“胭脂泪，相留醉”——因为我对花的痛悼惋惜，那花上的雨点就像胭脂脸上的泪痕，留我为之再一次沉醉。这正可以用冯正中的“日日花前常病酒，不辞镜里朱颜瘦”来作注解，因为今天这林花虽在风雨中谢了，但毕竟还在枝头，也许再过两天，连这样的花也没有了，所以要趁此时留下来再饮一杯酒，与之同醉。今年这花凋谢了，就再也不会重开了。有人或许会说明年这棵树不是照样会开花吗？但王国维有首词就曾说：“君看今日树头花，不是去年枝上朵。”（《玉楼春》“今年花事垂垂过”）今年的花再也不是去年的那几朵了。大晏词“夕阳西下几时回”，也是说每天沉落的夕阳都是一次永远的长逝，下一次出现的永远也不能和过去曾出现过的一样了，这些都是不可重来的。李后主的“胭脂泪，相留醉，几时重”，一口气写尽了生命的短暂无常、挫伤苦难以及多情的哀悼和无法挽回的遗恨，这种难以消去的长恨就像逝水的东流，不可能使其倒转。这自然是如此，当然是如此，必然是如此的，所以说“自是人生长恨水长东”。李后主滔滔不绝地写来，表现了一种往而不返的气势，这正是他因情深而不拔的结果，正因如此，他才得以通过对林花的哀感传达出对所有有生之物的无常的共同哀悼。

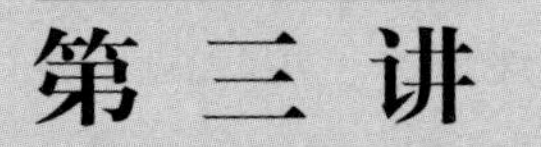

第三讲

论李煜词之三

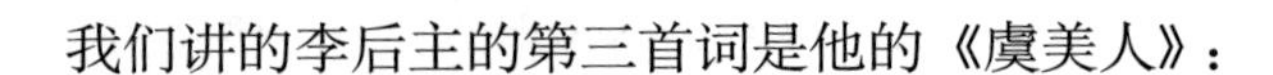

我们讲的李后主的第三首词是他的《虞美人》：

春花秋月何时了，往事知多少。小楼昨夜又东风，故国不堪回首月明中。　　雕栏玉砌应犹在，只是朱颜改。问君能有几多愁，恰似一江春水向东流。

“春花秋月何时了，往事知多少。”这是把天下古今人都“一网打尽”的两句好词，充分体现出李后主的真情锐感和内容涵盖之广，写出了人类的无常之共感。“春花秋月何时了”，多么平常而又不平常的一句词，“春花秋月”，有的本子作“春花秋叶”，表面看来“月”和“叶”都是仄声，没有分别，可是从传达的本质上来看，“春花秋月”所代表的是宇宙间最美好的东西。李后主的《相见欢》“无奈朝来寒雨晚来风”，是以“朝”“晚”相对举代表了每天的风风雨雨。“春”“秋”是一年之中两个景色最美好的季节，“春秋多佳日，登高赋新诗”，而代表春、秋之美好的是春天的花和秋天的月。钟嵘《诗品序》中说四时之感动人心者是“春风春鸟，秋月秋蝉”，若作“春花秋叶”，则秋叶是零落衰败的，跟春天繁茂兴盛的花放在一起，不能集中地传达一个信息。所以我以为不该是“春花秋叶”，而应是“春花秋月”。“何时了”是无时了的意思，是年年春花开，岁岁秋月圆，可是人能每年都像春花般鲜艳、秋月般皎洁吗？宇宙中美好的东西是无穷尽的，可是在宇宙无穷尽的对比之中，人事却是无常的，“往事知多少”，每年的花开，每年的月圆就一年年送走了人美好的生命。杜甫的诗就曾说：“明年此会知谁健，醉把茱萸仔细看。”（《九日蓝田崔氏庄》）年年的花开月圆是永恒的长存的不变的宇宙，“往事知多少”是无常的人事，这两句是以永恒的宇宙和无常的人事作鲜明的对比。“春花秋月何时了，往事知多少”，是宇宙和人生共有的现象，我们每一个人都在这种对比的哀痛和惋惜之中。李后主的这两句词包举了整个人生，但却不是由观照得到的理性的认知。观照者乃向外之观察与向内之反省的结合，像陶渊明说的“衰荣无定在，彼此更共之”，在衰中有荣，荣中有衰，陶渊明的这种富有哲理的认知是有观察和反省的。苏东坡《赤壁赋》云：“自其变者而观之，则天地曾不能以一瞬；自其不变者而观之，则物与我皆无尽也。”陶渊明提出的是衰荣之相共，苏东坡提出的是变与不变的对举，李后主提出的是永恒与无常的对比。陶渊明、苏东坡是有思致的，有反省的；而李后主则完全是以感性来直感的，他缺少反省与思索，但有的时候却能在词中表现出包举宇宙人生的哲理，这是李后主最奇妙的一点。刚才我们讲的那首词，一直写到“人生长恨水长东”，写到生命的短暂和挫伤，他不是从思想方面写的，而是从“林花谢了春红”这个眼前现实之中给他以刺激的外物写起的。现在这首词他反了过来，不从直接的感受而从永恒与无常的对比写起，而这一哲理则基于下边的个人感受：“小楼昨夜又东风，故国不堪回首月明中。”“东风”呼应着“春”，省略了“花”字，而且用“又”字表现了“无时了”的永恒。“月明中”呼应了“月”，又省略了“秋”字。后主以锐感去感受人生，也以锐感去感受文字，他知道什么字能传达什么样的感情，运用起来毫无勉强造作，纯任自然。古人常说这样的人有诗情，那样的人有诗才，诗情者是那一份对人事和自然景物触发感动的能力，像况周颐的“吾听风雨，吾览江山，常觉风雨江山外有万不得已者在”（《蕙风词话》），则属诗情；诗才者是对文字掌握和运用的能力，如果是只有诗情而没有传达的能力则依然写不出好诗来。李后主是既有诗情又有诗才，而且以最纯真的感情和心灵来感受，也以最纯真自然的笔法来抒写。这正是李后主的可贵之处。下一句的“故国不堪回首”呼应着“往事知多少”，昔日的生活是“晚妆初了明肌雪，春殿嫔娥鱼贯列”，“归时休放烛花红，待踏马蹄清夜月”，往事今日是不可复得了。这个时期的李后主还写有一首小词：“多少恨，昨夜梦魂中。还似旧时游上苑，车如流水马如龙，花月正春风。”现在他是一个被锁在小楼之中的亡国之君，有多少往事不堪回首。我现在讲了头两句中永恒和无常的对比以及头两句与后两句的呼应和交错的承接，不仅如此，这两句本身也有对比。“小楼昨夜又东风”是呼应了第一句的永恒，“故国不堪回首月明中”是呼应了第二句的无常。前两句是对一般而言的泛说，后两句是对个别感受的专指。“故国不堪回前月明中”，“不堪”者是不能忍容，就像韦庄的词“不忍把君书迹”，他说“不堪回首”，是回首之时不能忍受这种痛苦，忍受不了这种痛苦正是由于他忍不住要回首的缘故，所以他接着说“雕栏玉砌应犹在”。有的本子“应”作“今”，实则“今”字不如“应”字，“今犹在”是肯定说现在依然存在，“应犹在”是应该还是存在，“应”是料想之辞，“今犹在”是眼见后的语气，可是他这时已不在南唐的故国，此时是遥想故国的江山，可知用“应”字比“今”字恰当。所谓的“雕栏”莫非是他自己当年醉拍的栏杆，所谓的“玉砌”莫非是他自己当年与心爱的女子幽会的香阶，这些今天应该都还存在，而只是当年的人事已完全改变了，所以他说“只是朱颜改”，是生命的衰老，心情和身体都早已不似当年，过去的一切都无可挽回。而这两句对上面几句也是承接，“雕栏玉砌应犹在”正是写他对故国的回首，可是承接之中又有一个对比：“雕栏玉砌应犹在”是永恒不变的无生无情之物，“只是朱颜改”是无常多变的有生有情之人。这首词很奇妙，全首八句，前六句是两两的对比，同时也是两两的承接，于交错的承应之中有三次永恒与无常的对比，感慨哀伤极为沉痛，故而乃承接以“问君能有几多愁，恰似一江春水向东流”这样的总结。他说我的哀愁就如同那滔滔不尽的一江春水向东流去，而东逝水，不复向西流，他的长恨是永远无法消除的。

李后主无论使用何种词调，都能掌握词调的特色，而收到声情合一的效果。诗词这种美文要求字义、字音乃至字形各方面的讲究。像韩愈《山石》诗中有句云：“山石荦确行径微。”“荦确”是形容山石高低不平的样子，而且“荦确”二字还可以从字形字音上给人以高低不平的感觉，这种效果是其他的字所不能替代的。李后主的词就兼有形式与内容结合的效果，“恰似一江春水向东流”是九个字的长句，一口气贯彻下去，滔滔滚滚，声情合一。他的《清平乐》词中“离恨恰如春草，更行更远还生”之句，“更行更远还生”的六字句，每两个字一停，是层层曲折，一步一个徘徊，天涯路上行一步多一份离恨。他的《玉楼春》“待踏马蹄清月夜”，前四字就有马蹄嗒嗒的音响效果。然而李后主这些成就都不是他经过分析考虑得来的，而是靠他天生的直接感受直觉地就掌握到了。我们上面所讲的两首词的结句都很相似，“自是人生长恨水长东”和“恰似一江春水向东流”，可谓警句，但却重复使用东流之水来写人生的愁恨。然而，就李后主这位作者而言，他对于这两句东流水的形象之重复却并不加计较，这正是李后主所以为李后主之处。文学的创作第一需要真纯，第二是要将真纯锻炼琢磨得完美晶莹，退而求其次，单有李后主这样的真纯也很难得了。一般人老是顾虑这句的不妥、那句的不当，于是觉得荆棘满途，走不出路来。陆机的《文赋》说过一句话："彼榛楛之勿剪，亦蒙荣于集翠。"有的作者在他的作品中有一些缺点留存下来，并没有关系，有的时候创作有一个完整的大生命，过多的修剪反而会损伤这一生命。正是他的不避重复，李后主才保全了他创作的真纯和充沛的感发力量。不过这两句"东流水"的形象，在相似之中也仍然有一点点的差别。"问君能有几多愁，恰似一江春水向东流"，"胭脂泪，相留醉，几时重，自是人生长恨水长东"，都是以水为喻，而比喻有喻本和喻依两面，喻本是比喻的本体，喻依是比喻的依托，"问君能有几多愁"的"愁"是喻本，"恰似一江春水向东流"是喻依；"胭脂泪，相留醉，几时重？自是人生长恨"是喻本，"水长东"是喻依。"恰似一江春水向东流"一整句是一个完整的比喻，而后一首的"自是人生长恨水长东"，则在喻本和喻依之间有一个停顿，出现了一个转折的姿态，这种不同的姿态造成了不同的效果，那种具有滔滔滚滚之势的"恰似一江春水向东流"，更为奔放，"自是人生长恨水长东"则更为沉重。这完全是一种诗人和词人应具的感受。

李后主还有一首名词《浪淘沙》，我们讲其中的重点，全词如下：

> 帘外雨潺潺，春意阑珊，罗衾不耐五更寒。梦里不知身是客，一晌贪欢。　　独自莫凭阑，无限江山，别时容易见时难。流水落花春去也，天上人间。

我们刚才讲的《相见欢》："林花谢了春红，太匆匆。无奈朝来寒雨晚来风"，是把"无奈"二字说明了，可是"帘外雨潺潺，春意阑珊"中，他对春天的哀悼和无可奈何的心情并没用"无奈"二字写明，只是把他感受到的东西写给了读者。"潺潺"是雨滴不断的声音，雨在帘外，人在帘内。清早从梦中醒来，听到帘外的雨声，而正在这潺潺声中，春天已经"阑珊"，也就是过去了。王国维曾写过两句诗："滴残春雨住无期，开尽园花卧不知。"春天一来便细雨连绵，花从开到谢我也没有去赏过。同是写在雨声中春天消逝的心情，李后主也是说在潺潺的雨声中葬送了整个春天。"罗衾不耐五更寒。梦里不知身是客"——后主是个亡国之君，常写到梦："多少事，昨夜梦魂中"，因为他总是怀念昔日的美好。"梦里不知身是客"，写得非常悲哀。古诗《饮马长城窟》云："梦见在我旁，忽觉在他乡。"韦庄的词说："昨夜夜半，枕上分明梦见。"都是写梦境中的欢乐与现实中的痛苦的对比。只有在梦中，他才"一晌贪欢"。这里的"一晌"是短暂的意思，是说只有在那片刻的美梦之中，我才忘记了今天阶下囚的身份，而沉醉于对往事温馨的回忆之中。"独自莫凭阑，无限江山"，是每当他凭栏的时候就会望远，必然想起他的"四十年来家国，三千里地山河"，他说无法忍受由此而来的刺痛，所以是"莫凭阑"。陆放翁的《钗头凤》："山盟虽在，锦书难托。莫！莫！莫！""莫"字是叮咛嘱咐之词，是说你独自在寂寞中千万不要去凭栏，因为你一定会想到那已沦入他人之手的故国江山。有人改"莫"为"勿"，就失去了那种叮咛嘱咐和不能负荷的悲哀的深意。"别时容易见时难"，和许多诗词的句子相近似，李商隐的《无题》诗说：

“相见时难别亦难，东风无力百花残。”相见不易，分别更难。李后主说是“别时容易见时难”，到底别时是容易还是难，这得从两方面来说。从感情上讲，离别在感情方面是难的，而从离别的事实发生来说是容易的。对于李后主来说，还不只是朋友情侣之间个人的离别而已，李后主离别的是“四十年来家国，三千里地山河”，是祖先创建的家园。南唐那样快就覆灭了。三千里地山河要再恢复谈何容易？！“流水落花春去也，天上人间。”流水是一去不返的，落花是再不会重回枝头的，春天这样无可挽回地消逝，同时也是他故国的败亡。我讲这首词重点要谈的是“天上人间”一句，这四个字不可以理性去解释，它要说明的是什么？俞平伯先生的《读词偶得》以为此句有四层意思：第一是疑问的口气，是说流水落花的归宿在天上呢还是人间呢？第二是对比的口气，昔日是天上，如今是人间；第三是嗟叹的口气，天上啊！人间啊！第四则不从口气方面来体会，而是从承接、呼应来考虑，“天上人间”是承接着“别时容易见时难”一句的，“流水落花”是别时的容易如此，“天上人间”是见时的艰难如此。俞先生以为第四种意思较好，前三种都不大妥当。我个人则认为这四种解释都很妙，我以为李后主并没有以理性的思索来说这句话，只是所有的悲哀都集中于他的内心，不假思索，便脱口而出了。这四个字可以兼有四种含义，一切的感慨都包含尽了，不可以分明的理性去解释，只可以直接的感受去体会。“天上人间”的好处正在于它的不好理解，正在其不可言传的那种充满呼号、感慨、疑问的激动的口吻。

我上面讲的这阶段的词，是中国词之形式从歌筵酒席间流行的艳曲变为文人士大夫抒情写意的一种新型诗歌之演进的过程，温、韦、冯、李四家词正表现了这一阶段的词的演进。温飞卿的词是以他一个文士诗人士大夫读书的背景和传统把词的境界提高的，因为他所用的精美的物象与中国诗歌过去托喻的传统有暗合之处，依靠的是自己诵读的背景。到了韦庄，他就直接用词这种体式来抒写他自己内心主观的感情，已经将词变成了抒情诗，而不是不具个性的歌词了。冯延巳有更进一步的拓展，他所写的也是主观的抒情的诗歌，可是他同时却又摆脱了感情事件外表的拘束，而传达出来一种感情的境界。到了李后主则是另一番景象，南唐中主、后主的词有一大特色，就是最富于感发的力量和作用。尤其后主的词能用简短的小词写尽宇宙之间有生之物生命的短暂无常和生命的挫伤苦难共有的悲哀。另外，李后主的词还有一个特色，就是气象的开阔博大。词虽起于民间，而最早的词集是《花间集》，《花间集》所收的是诗客曲子词，而非民间俚曲，它选录的都是歌筵酒席间供公子佳人取乐的歌曲，所以它所写的内容不外相思离别，它所写的景物不外闺阁园亭，冯正中的词虽“堂庑特大”，然“不失五代风格”，因为他的词表面看起来也是相思离别的内容和闺阁园亭的景物。可是李后主之所以被王国维称之为“眼界始大，感慨遂深”，乃是因为从来没有一个词人把人类的悲哀像他那样赤裸裸地写出来，那种滔滔滚滚的气象是开阔博大的，这是后主词的一个重要拓展。后来的豪放派苏轼，写了“大江东去，浪淘尽、千古风流人物”的句子，气象也是开阔博大的。当然，因为苏东坡为人的态度，他的修养和其他的一切都与李后主不同，所以他的“大江东去”就有放旷超逸的襟抱。李后主的用情是深而不拔的，他用整个身心去承受人类的苦难，将人类的苦难和自己的遭遇合二为一。苏东坡采取的是另一种“通古今而观之”的态度，他晚年所写的一首《六月二十日夜渡海》诗，曾有“苦雨终风也解晴”之句，他总是满怀信心等待着风停雨住的时候，看透了历史的整个循环。唐朝诗人柳宗元和刘禹锡在经历了永贞变法失败之后，政治理想破灭，柳宗元四十七岁就死了，而刘禹锡却很长寿，原因就在于他们对待挫折的态度不同。柳宗元对待痛苦的方法不是真正从心灵上解脱，他的解脱方法是外在的，他在柳州写《永州八记》，写山水也写得那样冷峭，表现的是自己孤独寂寞和不被知遇的悲哀，想要用山水来排解自己的苦闷，但是没有做到，反而将忧愁积压在他心中。你若要读他的山水游记，就需将他这一段时间与友人的通信结合起来看，所以柳宗元被贬官以后一身都是病，四十多岁就死了。而刘禹锡呢，他就有一种通古今而观之的眼光，刘禹锡在唐朝诗人中是写咏史诗极多的一位诗人，他最有名的是咏玄都观桃花的诗，说是“紫陌红尘拂面来，无人不道看花回。玄都观里桃千树，尽是刘郎去后栽”。十四年后，他再度被召还京，排斥他的人已经倒台，他又写道：“百亩庭中半是苔，桃花净尽菜花开。种桃道士归何处，前度刘郎今又来。”（《再游玄都观》）他知道盛衰是不会长久不变的，所以他有一种排解的达观的心情。我现在讲的都是比较。李后主虽然没有苏东坡和刘禹锡的旷达的修养，但他抒发所有人类的无常的悲慨，气象却是开阔博大的，像他的“恰似一江春水向东流”“人生长恨水长东”，这种滔滔滚滚的气象是对于词之发展的整个过程都具有开拓意义的，使词不再限于描写闺阁园亭、离别相思这一狭窄的范畴。这一点是值得重视的。以上所讲的是对晚唐五代温、韦、冯、李四家词在词史发展中之作用之概述。

附录

附录 1989年在台湾讲演

附录一

谈小词的多义性

我今天回到台湾大学来，感到特别兴奋和激动。正如刚才黄启方教授所介绍的，我从 1969 年暑期离开台湾到现在 1989 年年底，已经有二十年了。当我回来的时候，我就想到欧阳修一首小词里边的两句话："归来恰似辽东鹤"，"俯仰流年二十春"。这次我回到台北，住在金华街的"清华大学"招待所，那个地方离我的旧居之地很近。我看到，那边高楼和商店林立，当年的小巷风光已经不可复见了，因此觉得台湾真是变化很大。可是今天，自从我看到台湾大学的校门，进入台湾大学的校园，经过椰林大道走进文学院，来到当年的第三研究室、第四研究室，才感到那真是风景依然，旧游似梦！所以，我来到台大演讲比在“清华”演讲的时候更为兴奋，也更为激动。“清华”毕竟是一个新的学校，我以前没有去过，也就没有这么多的感触。我这次回来还有一件高兴的事情。那就是，我看到我当年教过的学生今天都在学术上有了很高的成就。当然，他们的成就大半是由于别位老师的培养和教导，我离开台湾二十年，丝毫也没有做出什么贡献来。不过我既然当年也在这里教过书，所以自己也就感到“与有荣焉”。

另外我还有一点感慨。刚才我经过文学院的几个研究室，看到了当年的第二十三教室（或者是第二十四教室），那是我在台大讲“诗选”的地方。这使我想起了我离开台湾大学，不得已而留在加拿大教书的那一段日子。我于1969年第一次到美国去的时候曾经跟他们谈过条件，我说我是辅仁大学国文系毕业的，而且是在日本占领北平时期读的大学，所以英文学得不好，我一定要教懂中文的学生才行。可是后来到加拿大这是一个意外，我本来没有想到要在那里教书的，是因为美国那边的签证出了问题，所以才临时留了下来。那时不列颠哥伦比亚大学有一位老教授生病了，就临时让我去教。这一门课是全校选修的“中国文学概论”课程，文学院、工学院、理学院的学生都可以选修。这些学生中大多数人连一个中国大字都不认识，而且所谓“中国文学概论”，是从《诗经》讲起，一直讲到中国当代文学。这对我是一大难题，简直不知从何教起。我每天查英文生字要查到半夜两点钟，把它们强记下来，第二天用英文去给人家讲课。

在座的有很多我当年教过的同学，他们都知道我讲课时有一个毛病，就是喜欢跑野马。不过我近年来在国外看了一些西方的文学理论著作，很得意的一件事就是我给自己的跑野马找到了西方的一个理论根据。大家知道，西方的语言学、符号学、接受美学这些学科，近年来在发展上越来越彼此融会沟通。按照语言学的观点，我们在说话的时候，一个个字的组合有文法上排列的次序，这是“语序轴”。可是我们所用的每一个语汇又能引起一串联想，比如由“蛾眉”可以联想到美女、红妆、红粉等等，因此在平行的“语序轴”上又可以加上一条垂直的“联想轴”，形成一个总体的结合。现在西方语言学、符号学、接受美学的研究者认为，不只语汇可以有丰富的联想，一句诗或一篇诗也同样给人丰富的联想，他们把这叫作“诗篇联想轴”，认为诗是有开放性的，它的功能包括引起读者多层的联想。由此，我就给我的跑野马找到了一个很摩登的理论根据——诗篇联想轴。

可是你们想，当我到加拿大教书的时候，半夜两点钟才查完生字，第二天就去讲课，我的发音不正确，文法也不正确，怎么给他们跑野马呢？不仅是我自己的英文表达能力欠缺，不能跑野马，而且一首诗歌译成了英文，就是想跑野马也无从跑起了。因为经过翻译，语言中那些丰富的联想都不见了，多层的可能性也消失了，都变成一个个死板的概念摆在那里。所以那时候我就写了一首诗：

鹏飞谁与话云程，失所今悲匍匐行。北海南溟俱往事，一枝聊此托余生。

你们都读过庄子的《逍遥游》，那上面说："北冥有鱼，其名为鲲。鲲之大，不知其几千里也。化而为鸟，其名为鹏。鹏之背，不知其几千里也。怒而飞，其翼若垂天之云。"这就是"鹏飞"。鹏所走的路程是云中的路程。我说，我现在还想像从前那样海阔天空地跑野马，可是与谁来谈论呢？对谁来讲说呢？我今天已经流离失所了。我感到，像这样一个字一个字地查英文，真像是匍匐在地上爬行，这对我是很可悲哀的一件事。我是1945年大学毕业的，从1945年开始教书一直教到今天，已经43年了。我今年64岁，24年在大陆，差不多20年在台湾，20年在海外。现在是1988年，距离我从大陆来到台湾整整40个年头，距离我离开台湾到海外也将近20个年头。台湾和大陆是同种族、同文化的，是我的第二故乡。我在大陆教书的时候可以海阔天空地跑野马，在台湾教书的时候也同样可以跑野马，所以我把大陆比作"北海"，把台湾比作"南溟"。可是，当我流离到国外的时候，这些对我来说就都成为"往事"了，因为那时我既不知道我能否再回到台湾，更不知道我能否回到自己的故乡大陆。《庄子》上说："鷦鷯巢于深林，不过一枝。"我被生活所迫，不得不在海外用英文教书。可是难道我就将这样度过自己的余生吗？这是我当时的感慨。

没有想到，由于形势的演变，我此生不但能够回到大陆，今天也又回到了台湾！我真是非常兴奋。这次回到台湾，我已经讲过四次讲座了，是"清华大学"陈万益教授帮我拟定的这个系列讲座，总的题目叫作"中国词学的现代观"。我本不是一个很摩登的人物。我是在当年的北平那种最古老的家庭出生长大的，小时候没上小学，关在家里请个老师来念“四书五经”。以我这样一个并不很现代的人物，怎么居然讲起“中国词学的现代观”这样一个大题目来了呢？这件事说来话长。在60年代的台湾，当大家都用西方现代理论来写批评文字的时候，我也采用过一些现代的观点。后来我到了国外，因为人家都比我更新，更现代，所以我反而不用现代观点，变得更加古典了。其后我曾回大陆探亲，我回大陆探亲的时间是比较早的。因为抗战时期我父亲在后方，我母亲去世了。那时我在高中读书，我大弟在初中，我小弟在小学，我们姊弟是在患难之中一起长大的。几十年不见，特别惦念他们。因此当加拿大与中国建立邦交之后不久，我马上就回去探亲了。那时候我还没想到我可以在大陆讲古典文学，一直到1979年我才回去讲课。当时大陆的同学由于经过“文革”的变乱，多年很少能接触古典文学，所以对古典文学非常热情。于是我也就每年都应邀回去讲课，可是近年来我在讲课中发现他们的情况转变了。由于政策的改变，年轻人更喜欢读什么经济啦，企业管理啦，或者是学外文准备出国啦。他们对诗词虽然仍有兴趣，可是专门选修古典文学的学生却越来越少了。1987年我回去讲课的时候，有一个中文系的学生听完我的课就来问我，她说：“您讲的古典诗词我们听着也挺有意思，可是老师，我们学了古典诗词有什么用啊？”后来学生研究会请我去讲演，他们对我说：“老师，请您最好在题目中加上一个‘现代’的字样，要不然同学没有兴趣来听的。”于是我便接受他们的意见，在题目中加上了一个“现代”的字样。其实，这个“现代”的字样倒也不是只为了迎合潮流而随便加上去的。这些年来我发现，西方的一些现代文学批评理论确实有许多值得我们参考借鉴的地方。中国古典的文学批评有时候有非常精致、深刻的体会，可是却说得那么抽象，那么概念。什么是“风”？什么是“骨”？什么是“气”？什么是“神”？你抓也抓不住，看也看不见，很难对同学说明。而西方文学批评就比较理论化，比较有逻辑性，我们完全可以借助西方的一些理论来讲中国的古典诗词，因此我这次在台湾的讲座，就也选用了“中国词学的现代观”做题目。

我们这个系列的讲座由于是在不同的场合、不同的学校讲演，所以不得不把它分成几个段落。其实，它们是连贯的，总的内容就是要讲中国的小词。中国的词是一种非常微妙的文学体式。本来中国古典文学一般都跟伦理教化有很密切的关系，文章要“载道”，诗要“言志”，都能对教化有所帮助。可是词在初起的时候就突破了这种传统，它是配合音乐来歌唱的歌词，内容并无深意，本来只在民间流行，后来诗人文士们觉得歌曲好听，词句却不大文雅，于是就为这些美丽的曲调写了一些文雅的歌词。中国第一本词的选集——《花间集》前边有欧阳炯的一篇序文，称这些所选的词为“诗客曲子词”，以区别于一般市井所流行的曲子词。这篇序文中说：“则有绮筵公子，绣幌佳人，递叶叶之花笺，文抽丽锦；举纤纤之玉指，拍按香檀。不无清绝之辞，用助娇娆之态。”可见，这是诗人文士们用最美丽的纸和最美丽的辞藻写下来，送给那些手拿檀香拍板的美丽女士去演唱的歌词，所以叫作《花间集》。现在一提到《花间集》，它在我们的印象里就是一本书。可是你要知道，我在国外被逼得要用英文来讲中国诗词的时候有一个新发现，那就是诗词经过英文翻译之后固然有它的局限，但有时也会产生一种新鲜的感觉。

你们知道“花间集”翻译成英文是什么吗？是“Collection of Songs Among the Flowers”——花丛之间的歌！你们看，这是多么浪漫、多么新鲜的感受。

我们中国的正统观念认为，词都是写那些男女之间的爱情和相思离别的，内容是不正当的，是不合乎“载道”和“言志”的传统的。例如在早期词人中，温庭筠是最有名的一家，可历史上说他什么？《旧唐书·温庭筠传》说他“能逐弦吹之音，为侧艳之词”，认为他不守规矩，不守礼法，对他很轻视。什么是“侧艳之词”？“侧”是倾侧，是不正当的；“艳”就是香艳。所以你看，中国的小词从一开始就突破了礼教和诗文传统。然而谁能想到，就是这种浪漫的、香艳的歌词，它在自己的发展过程中却逐渐使内容和意境一天比一天丰富起来了。为什么呢？有以下的原因。

我们先说第一个原因。大家都知道，词的形式是错综的、不整齐的，不像诗那样有四言、五言、七言等固定的形式。但这种参差错落的形式就给词增加了一种特殊的美感。我在国外教的那些学生很喜欢提一些稀奇古怪的问题。讲词的时候他们就问我：“这词和诗到底有什么不同？比如同样写落花，词里的落花和诗里的落花有什么不一样呢？”我给他们举了一个例证，这个例证我前几天在“清华大学”讲课时也举过的。有一首唐诗大家都很熟悉，就是王之涣的《凉州词》：

> 黄河远上白云间，一片孤城万仞山。羌笛何须怨杨柳，春风不度玉门关。

据说清朝那个很有名的纪晓岚有一次在扇面上给人家写这首诗，不小心把“黄河远上白云间”的“间”字漏掉。于是人家就给他指出来说：“你写错了，你丢掉了一个字。”但纪晓岚不肯认错，他为自己辩护说：“我没有漏掉字，我写的不是诗，是一首词啊！”怎么是一首词呢？他就给人家念了：“黄河远上，白云一片。孤城万仞山，羌笛何须怨。杨柳春风，不度玉门关。”你们看，内容并没有变化，这样一念就真的像一首词了。你可以直觉地感受到，“黄河远上白云间，一片孤城万仞山”，那是何等开阔，何等博大，何等直率！可是去掉了一个字，改变了音节，那情调马上就不同了，变得那么精致，那么纤细，那么委曲婉转！要知道人本身的感情本来就不是单一的，往往既有属于阳刚的开阔雄壮，也有属于阴柔的委曲纤细。人的内心之中最深微、最隐曲的那一份感情有时不适用诗的形式表达，只适合用词的形式表达。所以，词这种形式，它能够引发人的内心之中某种不适宜用诗来表达的感情，这是它本身的第一个特质。

再者，刚才我曾说过，词是写给那些拿着香檀拍板的歌伎酒女们在酒席宴会上演唱的，所以都很女性化，有一种女性的美。同样写离别怀思，杜甫写道：“凉风起天末，君子意如何！鸿雁几时到？江湖秋水多。文章憎命达，魑魅喜人过。应共冤魂语，投诗赠汨罗。”（《天末怀李白》）那是诗人的感慨，有他的理想怀抱在里面，是所谓“言志”的。可是温庭筠的《菩萨蛮》写相思之情则写道：“玉楼明月长相忆，柳丝袅娜春无力。”这是写一个闺中女子站立在玉楼之中面对着天上的明月思念远人。“玉楼”，是何等高洁的背景；“明月”，是何等高洁的品质！不过，“玉楼明月长相忆”这一句还有情可说，它写的就是相思和怀念。最妙的在下一句“柳丝袅娜春无力”——门外柳丝披拂，在春风中袅娜地摇动。从“长相忆”到“柳丝袅娜”之间似有理，又似无理；似相连接，又似不相连接。冯延巳的词里有很有名的一句：“风乍起，吹皱一池春水。”南唐中主李璟就问他：“吹皱一池春水，干卿何事？”同样我们也可以问，“柳丝袅娜春无力”与你何干？温庭筠还有一首小词说：“千万恨，恨极在天涯。山月不知心里事，水风空落眼前花，摇曳碧云斜。”（《梦江南》）“山月不知心里事，水风空落眼前花”是写的相思怀念之情，犹可说也，下面忽然间跑出来一句“摇曳碧云斜”！天上那摇曳的碧云又与你何干？这就是小词的一种女性化的叙写。你不用管它说的是什么，只这一份纤柔的资质，就足以引发你内心那一份纤柔的感情的兴发和感动了。

现在我就要说了，大陆的学生问我：“老师，我们学古典文学有什么用啊！”现在的年轻人，他们很看重眼前现实的这一点物质上的功利。所谓“目迷乎五光十色，耳乱乎五音六律”，在迷乱之中，内心就越来越空虚了。而小词的作用就在于引起你内心之中那种最纤柔的、最委曲的、最敏锐的一份感受，使你的心不要死去啊！中国古人说：“哀莫大于心死，而身死次之。”古典诗歌的作用就在于触动和引发你心灵之中那一份美好的资质，使它永远保持新鲜、活泼，使你的生命永远不会枯竭。

中国小词除了以这一份委曲、婉转的情意引起你的感动之外，它还有更深一层的作用，那就是“兴于微言”与“知人论世”的作用。这是我前几天在“清华大学”讲过的一个题目。“兴于微言”出于张惠言《词选》序文里边的一段话。

张惠言认为小词也可以有比兴寄托的含义，像温庭筠的那些《菩萨蛮》词，就含有屈原《离骚》之意。他说那是“兴于微言，以相感动。极命风谣里巷男女哀乐，以道贤人君子幽约怨悱不能自言之情”。所谓“兴于微言”，指的是从词人所用的那些最微妙、最隐曲、最纤柔、最女性化的词汇中，能够带给我们一种兴发感动。我以为，张惠言之所以从温庭筠的词里看到屈原的用心，这不只是词的女性婉约隐曲的本质引起他的感动，另外还有一个原因。这原因我前几天在“清华大学”讲的时候谈到过，就是西方符号学中所说的“语码”（code）的作用。比如我说“树”，不管是声音还是文字，它都是一个符号，你从这个符号可以想到它所指的意思，想到一棵树，这是最普通的符号的作用。但俄国符号学家洛特曼（Jurij M. Lotman）则认为，符号在一个国家和民族之中使用的历史悠久了以后，就在这个文化历史传统中形成了一种语码的作用。温庭筠说：“小山重叠金明灭，鬓云欲度香腮雪。懒起画蛾眉，弄妆梳洗迟。”他这画眉梳妆之中就带有一个传统悠久的语码的作用。屈原《离骚》说：“民生各有所乐兮，余独好修以为常。”意思是，每个人都有自己的追求，所谓“贪夫徇财，烈士徇名，夸者死权，众庶冯生”（《史记·伯夷列传》），而屈原的追求则是“好修”。《离骚》里还说：“制芰荷以为衣兮，集芙蓉以为裳。”“佩缤纷其繁饰兮，芳菲菲其弥章。”这并不是说，屈原是个女子，喜欢涂脂抹粉的修饰。他是以那清洁、美好的服饰来象征一种高洁的品德。所以司马迁在《史记·屈原贾生列传》里就说：“其志洁，故其称物芳。”因为他的品质是高洁的，所以他所称述的那些名物也是芬芳的，他用美人和芳草来喻托君子。所以你们看，这美好的梳妆画眉，从屈原那里就有了这样一个传统。而且，屈原的《离骚》上果然也用过“蛾眉”两个字：“众女嫉余之蛾眉兮，谣诼谓余以善淫。”他以“蛾眉”自比，那些嫉恨他的人就是上官大夫、令尹子兰，他们“争宠而心害其能”。在这里，“蛾眉”就这样以美丽的眉毛来代表一位才德美好的君子了，它从此就有了象喻寄托的意思。我在“清华”演讲时引过李商隐的一首诗：

八岁偷照镜，长眉已能画。十岁去踏青，芙蓉作裙衩。十二学弹筝，银甲不曾卸。十四藏六亲，悬知犹未嫁。十五泣春风，背面秋千下。

李商隐写的是一个现实的女子吗？不是，他是写一个人对美好的才智和理想的追求。他说：我为什么八岁就学画长眉？我为什么用芙蓉来装点我的裙衩？我为什么勤奋地学习弹筝？我是为了能够有一天把我的美好的才能奉献出来。可是一直到十五岁，我还没有得到一个奉献的对象？因此就“背面秋千下”，而流下泪来了。根据《礼记》上的记载，女子到十五岁谓之“及笄”，相当于男子的加冠，从此以后就是成人了，于是女子就应许嫁、男子就应出仕了。但是唐朝杜荀鹤的《春宫怨》说：“早被婵娟误，欲妆临镜慵。承恩不在貌，教妾若为容？”“慵”，就是懒。它说，世上的人现在已经不能认识什么是美好，那么我还为谁而对镜梳妆呢？而这也就象喻了才志之上的不得知用。所以你看，“蛾眉”“画蛾眉”“懒起画蛾眉”，就产生了这么丰富的联想作用，也就是西方符号学所说的语码的作用。

更奇妙的是，小词引起我们的联想还有另外一个作用，就是“知人论世”的作用。大家知道，中国小词是中晚唐兴起的，到五代特别盛行。五代是个什么样的时期？五代时国无宁日，到处都是战乱流离。在一个偶然的机会，我看到当年台湾大学方东美教授的一本讲演稿，是同学为他整理的——很可惜，我把这本书的名字忘记了，这真成了庄子说的“得鱼忘筌”了——我只记得他在那里边说过的一句话：五代战乱后中国的人心不死，而且到宋朝在文化上还有了很好的成就，就是因为五代的小词。这真是很奇妙的一句话。在国家的战乱之中依然沉溺于歌酒间的侧艳淫靡的歌词，怎么会对北宋的文化有那么大的贡献？这中间的道理何在？要知道，人世间有些因果利害的影响不是很短暂很浅显地就能看出来的，里面往往有很微妙的关系。五代歌词的作用何在？这种新的文学体式，它唤醒了、解放了人们心中一直在礼教约束之下的那一份对美和爱的追求。这是十分可喜的一件事情。对于美和爱的追求，永远都是人类心中最真挚最诚恳的一份感情。有对美和爱的追求，那就是人心还没有全死的一个表现。如果哪一天人心败坏到对男女之间的爱情都不忠实了，都成了功利性的了，那么社会也就真的堕落了。而更奇妙的是，在小词的发展中，当时那种对美和爱的追求，那一份美好的心灵，竟和对五代战乱局面的忧患意识结合了起来。什么是忧患意识？孟子说：“故天将降大任于是人也，必先苦其心志，劳其筋骨，饿其体肤，空乏其身，行拂乱其所为，所以动心忍性，曾益其所不能。”又说：“生于忧患而死于安乐。”而读书人应有一种忧危虑乱的感情，那就是一种忧患意识。

我在“清华大学”讲“知人论世”的时候举了韦庄的五首《菩萨蛮》小词，它们表面上也是写男女爱情和相思离别，写得十分美丽，但里边就凝结着一种家国的悲慨。韦庄曾经历过黄巢的变乱，当长安、洛阳都陷入贼手的时候，他曾在江南流落了很久。五十九岁才考中进士，一度出使四川，回来之后不久又被王建聘去，而这期间唐朝政权就被后梁的朱温篡夺了。他从此就终身留在四川的前蜀，永远也不能还回自己的故乡了。韦庄的第一首《菩萨蛮》是这样写的：

红楼别夜堪惆怅，香灯半卷流苏帐。残月出门时，美人和泪辞。　琵琶金翠羽，弦上黄莺语。劝我早归家，绿窗人似花。

如果从比较单纯的直接感受来推测，这“和泪辞”的“美人”应该是韦庄在洛阳时一段美好的遇合。以后虽然经过了辗转漂泊，可是他对这一段遇合始终不忘。当他流落在江南的时候长安是什么样子？是“内库烧为锦绣灰，天街踏尽公卿骨”（《秦妇吟》），到处一片乱离景象。韦庄在第二首《菩萨蛮》里写道：“人人尽说江南好，游人只合江南老。”又说：“未老莫还乡，还乡须断肠。”你要注意，人人尽说江南好，可是韦庄这时却没有说江南好；别人劝他不如留在江南，可是他终于离开了江南。当他晚年留在四川永远也不能再回长安的时候他说：“如今却忆江南乐，当时年少春衫薄。”又说：“此度见花枝，白头誓不归。”第二首所谓“未老莫还乡”，意思是如果老了还是要回故乡去的。而第三首说现在虽然已无当年之乐，他却立誓白了头也不再回去。这是何等沉痛的心情！其实，并不是他不要回去，而是他已无家可归，再也回不去了。所以在最后一首词中他就说："洛阳城里春光好，洛阳才子他乡老。"当年他在洛阳写的《秦妇吟》说："中和癸卯春三月，洛阳城外花如雪。"现在他难道不想回去再看一看洛阳城外的花吗？可是故国已经灭亡，他只有老死在他乡了！在这一首词的结尾他说："桃花春水绿，水上鸳鸯浴。凝恨对残晖，忆君君不知。"当年那红楼女子曾"劝我早归家"，可是我终于没有回去。一个人没有行动作证明，海誓山盟又有什么意义？何况音书已经断绝了，我又怎样让你知道我的怀念？尽管我怀念你的感情永远也不会改变，但是你永远也不能知道我对你的这种感情了。"残晖"，在中国的文化传统中又是一个语码。中国一向以日为君象，那是朝廷的象征。而"残晖"，则象征着一个败亡的国家。这正是韦庄写爱情的词与忧患意识相结合的表现。所以你们看，小词所用的这些委曲婉转的、女性化的语汇中竟然含有这么丰富的内容和联想！

除去忧患意识以外，使小词的内容丰富起来的，还有一个原因，就是中国的诗词里喜欢用女子来作比喻，这不仅仅是因为女子美丽，能够代表美好的品质，更重要的是由于中国传统的伦理上有所谓"三纲"，即君为臣纲，父为子纲，夫为妻纲。在君臣之间，臣处于被选择的地位，可以被任用，可以被罢免，甚至可以被斩首。在夫妻之间，女子处于被选择的地位，可以被宠爱，也可以被抛弃。这君臣的关系和夫妻的关系颇有相似之处。所以有些诗人在家里是大丈夫，作威作福，但一写起君臣之间的事来就换了一副女性的口吻。像曹植就说了："君若清路尘，妾若浊水泥。浮沉各异势，会合何时谐？愿为西南风，长逝入君怀。君怀良不开，贱妾当何依？”（《七哀》）他曹子建也变成“贱妾”了！因此，中国的小词虽然有很丰富的含义，但是正如西方语言学和符号学所说的，你一定要有相同的文化历史背景的传统，才能认识这些语码，才能从这些语码中发现那许多重要的、美好的含义。

刚才我们讲了欣赏温庭筠词时的语码作用的重要和欣赏韦庄词时的知人论世的重要，证明了写男女相思离别的小词里边也可以寄托一种才人的幽约怨悱之情形及对朝廷的忠爱和对家国的悲慨。下面我就要讲，冯延巳的词在承前启后方面的成就比他们更进了一步。所以你们看，词在它兴起和发展的早期，在短短的一段时间之中就有了这么丰富的、多次的演化和转变，这足以证明，中国的小词这种文学体式是多么微妙！

我们讲过，温庭筠的词很美。“小山重叠金明灭，鬓云欲度香腮雪”，写的都是一些 image，一些客观的美丽形象。他自己站出来说过话吗？一句都没有说过。所以有的人不喜欢温庭筠的词，因为它不像李后主的“林花谢了春红，太匆匆”那样给我们直接的感动，而只是给我们联想——美感的联想和语码的联想。韦庄的词能够给我们直接的感动：“四月十七，正是去年今日，别君时。”“记得那年花下，深夜，初识谢娘时。”有人物，有时间，有地点，有这么真切的情事。“劝我早归家，绿窗人似花。”有这么真切的感情。可是韦庄的词也有一个限制，那就是他写得太具体了，太现实了。我们把他所写的内容和他生平的历史联系起来，自然就产生了“知人论世”的联想。这当然是好的，可是同时我们也就被他这个现实的情事所拘限，不能像对温庭筠的词那样展开比较自由的联想了。总之温词的长处在于可以给读者比较自由的联想，但它的短处则是往往不能给人以直接的感动；韦词的长处在于可以给读者强烈而直接的感动，但它的短处则是往往被现实的情事所拘限。

而现在就出现了一位词人，他能兼有温、韦二家之长，却免除了二家的拘限，那就是我们现在要讲的这一位词人——冯延巳。他一方面有韦庄词的长处，可以给读者直接的感动，但另一方面却避免了韦词的短处，不被现实的情事所拘限，而能像温词一样给人以比较自由的丰富的联想。他所写的不是历史的事件，不是现实中的一件情事，甚至不是显意识的有心的言志和抒情，他所写的是内心中极为深微幽隐的一种感情的意境，一种感情的境界。冯词怎么就达到了这种作用和成就了呢？我们今天就要讨论这个问题。我们的讲题是“冯延巳词承先启后的成就与王国维的境界说”。因此结合着对于冯词的讨论，我们也要谈一谈王国维的境界说。

王国维在《人间词话》里说：“词以境界为最上。有境界则自成高格，自有名句。五代北宋之词所以独绝者在此。”这就是王国维的“境界说”。究竟什么是“境界”呢？自从《人间词话》这本书出现以来直到今日，分析讨论王国维“境界说”的文章已经是指不胜屈，什么样的说法都有。我也参加到里边胡说过。我在1970年代初期写了《王国维及其文学批评》，讨论过他的“境界说”。在那个时候我认为，王国维所说的“能写真景物、真感情者，谓之有境界”就是指能写出自己的一份真切的感受就叫作有境界。中国诗词创作一向重视内心真切的感受，所谓“情动于中而形于言”（《毛诗大序》）；所谓“气之动物，物之感人，故摇荡性情，形诸舞咏”（《诗品序》），都是说你的内心要先有一份感动，才能写出带着感发生命的好作品来。如果你的内心根本就没有感动，那么尽管你堆砌了很多漂亮的字句，你的作品也没有生命。本来我以为王国维所说的“境界”就是强调这一份真切的感受。可是近年来，我觉得这样解释不完美。因为我刚才说过，中国从《毛诗大序》就讲“情动于中而形于言”，从《诗品序》就讲“摇荡性情，形诸舞咏”，可见中国的诗早就重视这一份内心的感动。那么词与诗到底有什么不同？王国维为什么不说“诗以境界为最上”而说“词以境界为最上”？所以，我认为王国维所提出的“境界”实际上有两层意思。

第一层意思是广泛的，就是指那一份真切的感动，可以兼用于诗和词。但还有第二层意思，就是专指词的特质。为什么专指词的特质要提出“境界”二字呢？因为词与诗不同，诗的言志是有意识的表现，词的言志是无意识的流露。“致君尧舜上，再使风俗淳”，“朱门酒肉臭，路有冻死骨”，这是杜甫言志的诗句；“至德二载，甫自京金光门出，间道归凤翔。乾元初，从左拾遗移华州掾，与亲故别，因出此门，有悲往事”，这是杜诗的题目。这么长的题，把他内心的意识都写出来了：当年我沦陷在贼中，就是从金光门逃出去投奔凤翔。好容易长安收复了，现在我又被贬出做华州掾，还是从这个门出去。我有多么深的感慨！诗之所以有题目，就因为它是显意识的。词就不同了，它是写给那些美丽的女孩子去歌唱的，作者在写的时候并没有要表达自己政治理想的这种用心。政治理想是无意之中流露出来的，是潜意识的，所以不能通过主题去追求。杜甫的那个长题，你可以讲上一大套历史背景什么的；而词都是写男女爱情和相思离别，你就没有什么好讲。这样就涉及一个对作品评价的标准问题。我们已经知道，文章以载道为好，诗以言志为好，那么词呢？我以为，词既然都是写的男女爱情，所以王国维就提出词应该以有境界为最上。

王国维在《人间词话》里说："词之雅郑，在神不在貌。""雅"是指典雅的、正当的。"郑"是"郑卫之音"的"郑"。《论语》上说："放郑声，远佞人。郑声淫，佞人殆。"所以"郑"是指淫秽的、不正当的。对于诗，你可以看它言的是什么志；对于文，你可以看它载的是什么道，以此来判断它们是不是正当的。可是词呢？词都写男女爱情，都是郑卫的靡靡之音，还分什么"雅郑"？但是王国维说，词里边也有雅和郑的区别，那区别"在神不在貌"。"貌"是外表，指的是作品外表上的主题。前天我在"清华"月涵堂讲过南唐中主李璟的《山花子》（一作《浣溪沙》），其中"细雨梦回鸡塞远，小楼吹彻玉笙寒"两句是主题，他的显意识是写思妇的相思怀念之情。可是王国维怎么就从其中的"菡萏香销翠叶残，西风愁起绿波间"两句中看出"众芳芜秽，美人迟暮"的感慨了呢？因为这首词确实从精神上传达出来这样一种意境。所以，看一首小词你不能只看它外表所写的情事，有些写伤春怨别、相思怀念之情的小词往往能引起读者十分丰富高远的联想。王国维在《人间词话》里还说："词之为体，要眇宜修。"又说："诗之境阔，词之言长。"诗的境界是可以开阔博大的，杜甫就把开元天宝之间那整个杂乱的时代都写到诗里边去了。小词的篇幅很短，不能够写出这么开阔博大的境界，可是"词之言长"是它的好处，词的语言能给我们留下长远的联想和回味。看一首词的好坏，你不能从它的“载道”来衡量，更不能从它表面所写的男女相思爱情来衡量，而是要看它有没有一份精神的境界。所以王国维才说“词以境界为最上”。

那么，使小词的这种成就明显化并使之对后世有了深刻影响的是谁？那就是冯延巳。并不是我一个人说冯延巳的词有这种承先启后的作用，前人的词评里也这么说。清朝的词论家冯煦在《唐五代词选序》中就说：“吾家正中翁，鼓吹南唐，上翼二主，下启欧、晏，实正变之枢纽，短长之流别。”《花间集》为什么不选南唐词？王国维认为是风格不同，编选《唐宋名家词选》的龙榆生先生认为是年代与道里相隔，所以不选。不管怎么样，总而言之南唐与花间的词风确实是不完全相同的。所谓“上翼二主”，把南唐的中主、后主放在上边，这是由于中国的封建传统，因为他们是国君。其实，冯延巳的年龄比中主还要大十几岁，他才真正是一个开创南唐词风的作者。往下边看，冯延巳的词风又影响了北宋初年的晏殊、欧阳修。所以他是词风转变之中的一个枢纽人物，在长短句中形成了一个流派。况周颐《蕙风词话》说：“《阳春》一集，为临川《珠玉》所宗，愈瑰丽，愈醇朴。”《阳春集》是冯延巳的集子，《珠玉词》是晏殊的集子。“临川”就是晏殊，因为他是临川人。晏殊的传记上说，晏殊喜欢冯延巳的歌词，他所作的词也不减延巳。就是说，他与冯延巳有近似的风格。还不只是晏殊受了冯延巳的影响，刘熙载的《艺概》上说：“冯延巳词，晏同叔得其俊，欧阳永叔得其深。”冯延巳的词有“俊”的一面，也有“深”的一面。晏殊所得到的是它“俊”的一面，欧阳修所得的是它“深”的一面。如果有时间，我就把这两个方面都讲一讲，但是也许时间不够了。此外，王国维的《人间词话》还说："冯正中词虽不失五代风格，而堂庑特大，开北宋一代风气。""堂"是正厅，"庑"是两厢。意思是说，冯延巳的词所包含的内容和意境更加开阔博大，给我们以更丰富的自由联想的余地，既不像韦庄词那样受现实情事的拘限，又不像温庭筠词那样偏重客观纯美。它以强制真切的感情打动读者，却又不被任何现实情事所拘限，可以引发读者丰富的联想，形成了自己的流派。

冯煦在《宋六十家词选例言》中有一段话值得注意。他说："宋初大臣之为词者，寇莱公、晏元献、宋景文、范蜀公，与欧阳文忠并有声艺林。"你们算一算，在小词的发生和发展过程中下手去写小词的都是些什么人？韦庄、冯延巳、晏殊做到宰相，欧阳修做到枢密副使，都是出将入相的人物，还有范仲淹、宋祁、寇准等，那都是北宋的一代名臣。这乃是使小词的意境能够走向开阔博大的另一个原因。五代的词，比如韦庄词，那是忧患意识同追求爱与美的不死心灵的结合。到了北宋初年，天下比较安定太平，起码表面上无所谓忧患了。这时候下手来写词的人，如晏殊、欧阳修、宋祁、范仲淹、苏东坡等，就把那种对爱与美的追求同个人的修养、常识、理想、志意、怀抱结合起来，产生了另一番境界。这小词可真是微妙！经过这几层的演变，小词的忧患意识过渡到学问修养，从而就进一步使小词的好处"在神不在貌"了。而在小词的演变之间，有一个很有影响的人物，那就是冯延巳。怎见得？有词为证。现在我们就言归正传，看冯延巳的两首词。

冯延巳的词写得都很好，可是其中尤其出名的是十四首《鹊踏枝》。我们现在就来读其中的两首：

谁道闲情抛弃久，每到春来，惆怅还依旧。日日花前常病酒，不辞镜里朱颜瘦。　　河畔青芜堤上柳，为问新愁，何事年年有。独立小桥风满袖，平林新月人归后。

梅落繁枝千万片，犹自多情，学雪随风转。昨夜笙歌容易散，酒醒添得愁无限。　　楼上春山寒四面，过尽征鸿，暮景烟深浅。一晌凭阑人不见，鲛绡掩泪思量遍。

这真是冯延巳的词！写得低回婉转，抑郁缠绵。诗词之所以引起人的感发和联想有多种因素，前几天我在“清华”的月涵堂讲演的时候提到过近代符号学、接受美学的一些说法，讲到过所谓“显微结构”(microstructure)，讲到所谓作品中的各种“质素”(elements)，这也是引起感发和联想的多种因素之一。一首诗歌，它的每一个字、它的声音、它的形象、它所安排的次序结构，这一切都结合起来就产生了它的作用。南唐的小词在这方面尤其微妙。“谁道闲情抛弃久”，既不像温庭筠的“懒起画蛾眉”那样可以找个语码，也不像韦庄的“忆君君不知”那样可以从历史背景找个“知人论世”。它不被具体的人物、地点、情事所拘限。何谓“闲情”？那是只要你清闲下来就无端涌起的一种内心的感受和情绪。魏文帝有一首四言诗说：“高山有崖，林木有枝。忧来无方，人莫之知。”（曹丕《善哉行》）就是这么一种自己也说不清的哀伤。如果你知道那哀伤的缘故，比如说是因为和你所爱的人离别了，那么当你和他（她）相见的时候这种悲哀不是就有消除了吗？然而这一份“闲情”并不是临时某一件事所引起的哀伤，它是长存永在的，当你一闲下来它就在你心中涌起。所以李商隐才说：“荷叶生时春恨生，荷叶枯时秋恨成。深知身在情长在，怅望江头江水声。”（《暮秋独游曲江》）正因为是“闲情”，正因为它没有时间、地点和具体情事的限制，所以给我们留下自由联想的广阔天地。

此外，我们还要注意它的语法。“闲情”已经有这么丰富的含义，而他还要把“闲情”抛弃，这又是一层。他不愿意长久带着这种哀伤，尝试着想经过一番努力，从“闲情”的苦恼之中挣扎出来。这里有一种反省，有一种自觉。这真是冯延巳的特色！可见，通过写男女爱情和伤春悲秋的小词，我们可以看到词人的内心深处，可以看到每个词人品质的不同。然而，冯延巳在写了“闲情抛弃”的反省和挣扎以后，却用“谁道”两个字又把那一切努力完全都打回来了——谁说我真的把“闲情”抛弃掉了呢？现在我终于明白，抛弃掉它是完全不可能的。所以说“谁道闲情抛弃久”，就这么七个字，一唱三叹，千回百转，抑郁缠绵，把那种姿态、那种感情、那种品质、那种力量，全都表现出来了。

正是由于没有能够把“闲情”抛弃，所以就“每到春来，惆怅还依旧”。为什么是“每到春来”呢？李商隐的《无题》诗说：“飒飒东风细雨来，芙蓉塘外有轻雷。”因为春天乃是草木和万物萌发生长的时候，所以人的感情也就跟着萌发生长了。什么感情？就是你的那一份春心，你对爱和美的那一份追求向往。李商隐是悲观的，所以在那首诗的结尾他说："春心莫共花争发，一寸相思一寸灰。"可是你要注意，"莫共花争发"者，正是因为他要共花争发的缘故，陆放翁在见到他过去的妻子时，很想和她再叙一叙旧日的感情，但是他说："山盟虽在，锦书难托。莫！莫！莫！"说"莫！莫！莫"不正是因为他"要！要！要"吗？冯正中也是这样。他是今天偶然产生"闲情"的吗？不是。每一年春天到来的时候都是如此，若有所追寻，若有所失落。但追寻的是什么？失落的是什么？自己也说不清，所以是"惆怅"。每当那春花开、春鸟鸣的时候，就唤起了这一份连自己都无法安排的感情。

"日日花前常病酒，不辞镜里朱颜瘦"——花开得那么美丽，你为什么要"病酒"？要知道，李商隐说过："纵使有花兼有月，可堪无酒又无人。"（《春日寄怀》）——花和月都是大自然中美好的事物，但你有什么东西来面对大自然的美好呢？杜甫也说过："竹叶于人既无分，菊花从此不须开。"（《九日五首》）——看见你菊花我就想喝酒，但既然我已经没有竹叶酒可喝，那么你菊花从此也不必再开了！两美不可得兼，这是天下很遗憾的事情。花前就应该饮酒，不饮酒怎么对得起花？可是你要知道，天下最美好而又短暂的生命就是花。"林花谢了春红，太匆匆。无奈朝来寒雨晚来风。"（李煜《相见欢》）眼看着花在风雨之中零落，你怎能忍受这种悲哀痛苦！杜甫说："一片花飞减却春，风飘万点正愁人。且看欲尽花经眼，莫厌伤多酒入唇。"（《曲江二首》）面对那即将凋谢飘零的美好的生命，你只有饮更多的酒来排遣心中的悲伤，所以才"日日花前常病酒"。"日日"是每天如此，"常"是永久不变。这口吻里面带有一种对美好事物的珍惜。既然你不仅已经喝醉，而且已经喝得“病酒”了，身体已经受到伤害了，那你就应该停止饮酒才对。可是冯延巳他不但“日日花前常病酒”，而且“不辞镜里朱颜瘦”。这才是冯正中，这绝对是冯正中！他在抑郁缠绵的哀伤之中还有着一份不肯放弃的执着。所以王国维说冯正中词的风格是“和泪试严妆”。这里有一种对美好的固执，带着反省和挣扎。刚才我提到过“显微结构”，你不要只看它表面上所说的伤春、赏花之类，你要看它每一个语汇所产生的那种微妙的作用。“镜里”是什么？那是他的反省、他的自觉。一个吸烟的人，他的肺已经被污染了，已经有了损伤，有了某种恶性变化的前期征兆，可是他不知道，所以还继续吸烟。直到有一天看了医生，照了透视，发现了症状，为了珍重自己的身体，他就必须理性地停止吸烟。然而，冯正中却是“不辞镜里朱颜瘦”——从理性上我知道这种执着的感情对我自己是一种伤害，但是我无论如何不能放下。这就是冯正中的一份感情的境界！

由于时间的关系，这首《鹊踏枝》我只能讲到这里，因为我下边还有一段话要说，那就是后人对冯延巳的评说。饶宗颐先生在他的《〈人间词话〉平议》里边评冯延巳的这首《鹊踏枝》说：“‘不辞镜里朱颜瘦’，鞠躬尽瘁，具见开济老臣怀抱；‘为问新愁，何事年年有’，则进退亦忧之义；‘独立小桥’二句，岂当群飞刺天之时而能自保其贞固，其初罢相后之作乎？”饶宗颐先生是把冯延巳的词结合了他个人的身世和时代的背景来评论的。冯延巳的父亲冯令頵在南唐的开国皇帝烈祖的时候做官做到吏部尚书，那是很高的官职。由于父亲是大官，所以冯延巳在很年轻时就以白衣见烈祖。烈祖就让他与中主李璟交游。那时候中主李璟不过十几岁，冯延巳则二十多岁。及至中主李璟即位之后，冯延巳就做了宰相。天下最不幸的事情莫过于一个人天生被注定是悲剧人物，而冯延巳就正是这样一个人物。从他的家庭、身世，从他父亲与南唐朝廷的关系以及他从小与中主密切的交往来看，他必定是个悲剧人物。为什么呢？因为南唐所处的地位进不可以攻，退不可以守，是一个必亡的局面。一个人和一个必亡的国家在命运上有了这样密切的结合，你将如何自处呢？在危亡之中，南唐朝廷内有主和的，有主战的，充满了党争和互相攻击。以冯延巳那种固执的性格，肩负着国家安危的重任，又不断遭到人们的攻击，他的心情也就可想而知了。南唐有一次伐闽之役，是由他同父异母的弟弟冯延鲁发动的，战争失败了，冯延巳因此被罢相，派到抚州去做地方长官。这对冯延巳来说本是件不幸的事，但在中国词史上却产生了一个巧合。抚州在江西，治下有六个县，其中包括临川。前人不是说冯延巳词"为临川《珠玉》所宗"吗？北宋晏殊就是江西临川人，他在少年时代就很喜欢冯延巳的歌词。欧阳修是江西庐陵人，他是被晏殊所提拔的，词风也受到晏殊的影响。我们刚才提到冯煦在《宋六十家词选例言》中"宋初大臣之为词者"那一段话，在那后面他接着说："独文忠与元献学之既至，为之亦勤，翔双鹄于交衢，驭二龙于天路，且文忠家庐陵，而元献家临川，词家遂有西江一派。"又说，欧阳文忠词"与元献同出南唐，而深致则过之"。可见，冯延巳的词影响到了北宋江西的一派。刚才我们还提到，刘熙载《艺概》中说："冯延巳词，晏同叔得其俊，欧阳永叔得其深。"什么是冯延巳的"深"？那就是冯词里所表现的那种执着和“知其不可为而为之”的悲剧的精神。饶宗颐由此而从“日日花前常病酒，不辞镜里朱颜瘦”两句中看到了“开济老臣怀抱”。在这方面，冯延巳的词能引起人们很深远的联想。

那么，什么是冯词的“俊”呢？下面我们就要讲一首他的《抛球乐》——很对不起，时间不够了，刚才那首《鹊踏枝》没有讲完，而这一首我也来不及讲得太详细。

> 逐胜归来雨未晴，楼前风重草烟轻。谷莺语软花边过，水调声长醉里听。款举金觥劝，谁是当筵最有情。

这首词不像刚才讲的那一首写得那么抑郁顿挫，那么缠绵往复，不见得能够引起我们多么深远的联想，然而它却有一种俊美飘逸的情致和姿态。什么是“胜”？“形胜”“优胜”“胜景”“胜赏”“名胜”都是“胜”。春天来了，大家都争着出去游春、赏花，这就是“逐胜”。“逐胜归来雨未晴”：现在我已经逐胜回来了，可雨还没有晴。由此可见，今天是冒雨出去逐胜的。他没有明白说出来，但你要体会那种微妙的感觉。辛弃疾的词说，“莫避春阴上马迟，春来未有不阴时”（《鹧鸪天》）。在微雨之中去“逐胜”，这就是一对矛盾的结合——既有缺憾，也有追求。一个人在受到一种感发之后往往不能够马上平静下来。所以当他逐胜归来的时候并没有马上去休息，而是立在栏杆边观赏那“楼前风重草烟轻”的景色——风渐渐地加强了，草上的烟霭慢慢地散开。柳永的《蝶恋花》说：“草色烟光残照里，无言谁会凭阑意？”这

"草色烟光"与你何干？"楼前风重草烟轻"又与你何干？但是《文心雕龙》的《物色》篇说："物色之动，心亦摇焉。"风的重，烟的轻，这些大自然景色的变化就使你的心在摇荡。更何况，还不只是这些大自然之中的无声之物，还有"谷莺语软花边过"，还有"水调声长醉里听"——花丛里传来出谷黄莺的啼叫，微醺半醉之中又听到悠扬的音乐。大自然与人世间的这些景象、声音、事物，都容易使人的心灵被摇荡、被感动。而这时候他就说："款举金觥劝，谁是当筵最有情？""金觥"是很珍贵的酒杯。他说，座中谁真正了解我？谁真正值得我敬这一金觥酒呢？你看，不必有什么忠君爱国、缠绵婉转的深意，光是这一份内心的摇荡，就足以使人兴发感动了。所以，小词的作用就在于使你的心灵不死，能够引发出你心灵中蕴藏着的那些美好的品质。而冯延巳词这一份俊美的姿态，就影响了晏殊。当然，我所说的只是影响，同一棵树上都不会有两片完全相同的树叶，何况是不同年代的不同作者呢？晏殊和欧阳修虽然都受了冯延巳的影响，但三个人词的面貌却又各自不同。我们今天已经没有办法说明了，因为时间已经被我跑野马跑得所余不多了。非常对不起大家，谢谢大家。

安易、杨爱娣整理

附 录 二

从“兴于微言”与“知人论世”看温庭筠、韦庄二家词

我曾讲过通过符号学来看温庭筠的一首《菩萨蛮》词的多重含义，对那首词，我们作了比较仔细的分析。第二天我看到报纸上的报道，说叶嘉莹用了两个小时只讲了四十四个字的一首小词，我觉得很不好意思。所以今天我要尽量多讲一点，讲快一点。我上次之所以讲得比较慢，是因为我希望在第一天刚刚开始的时候讲得仔细一点，对每一个符号在这

首词中的作用都能够详细地解说一下，并说明这个符号为什么会形成多层次的意义。从符号学的理论来说，温庭筠所用的符号比较来看一般不属于理性上认知的符号。他不说“屏风”而说“小山”，不说“云鬓”而说“鬓云”，不说“雪白的香腮”而说“香腮上的白雪”，这是想用直接的感官印象来给读者一种直接的美感。这样做可以推远现实的距离，给读者留下一个进行丰富联想的余地。这是一种情况，是从符号学的观点来看，诗歌能够给我们多层次自由联想的一个原因。

另外还有一个原因我也讲过了，就是“懒起画蛾眉”中的“蛾眉”，这个词在中国文学上有悠久的传统，其中有的单纯用来形容美女，有的则用来象征才智美好的人，有托喻的含义。像屈原在《离骚》中就说：“众女嫉余之蛾眉兮，谣诼谓余以善淫。”再有，“画蛾眉”也是有传统的。我举了李商隐的《无题》诗：“八岁偷照镜，长眉已能画。”这是说一个有才之士应该不断地使自己的品格和学识更趋完美，目的是将来得到一个致用的机会能够为国家和社会做出一番事业来。但是，这个八岁就能画长眉的女子一直到十四五岁时却还没有找到一个可以奉献自己的对象，所以她才“十五泣春风，背面秋千下”。“懒起画蛾眉”，同样也有一个悠久的传统。杜荀鹤的《春宫怨》说：“承恩不在貌，教妾若为容?”我虽然有美好的才能并且愿意奉献，但是却没有人用我，那么我这美好的品德和才能还有什么作用呢?

今天早晨我在楼下吃早点的时候看见报上登了一段消息，说我在讲诗词的时候讲到：大陆的同学问我，古典诗词虽然好，可是学了有什么用处呢？我个人以为，古典诗词里隐含着这样一种向上的、对美好的追求，它可以使人的心灵不死。南宋一个很有名的词人辛弃疾在他的一首《鹧鸪天》里边有这样两句："一松一竹真朋友，山鸟山花好弟兄。"他说，每一棵松树、每一棵竹子、每一只啼鸟、每一朵山花，我都把它们看作我的朋友和弟兄一样。孔子说："鸟兽不可与同群，吾非斯人之徒与而谁与？"（《论语·微子》）如果一个诗人对松竹花鸟都关心，他能够对社会、对他同类的人不关心吗？所以杜甫才说"朱门酒肉臭，路有冻死骨"，才说"穷年忧黎元，叹息肠内热"。这就是诗歌的作用。我在大陆写的十五篇《迦陵随笔》中的最后一篇讲到，美国芝加哥大学一位名叫布鲁姆（Allen Bloom）的教授，1987 年出版了一本轰动一时的著作《美国心灵的封闭》，英文的名字叫 *The Closing of the American Mind*。他说美国的一些青年人只知道追求物质的利益，而他们的心灵、思想、品格，都空虚了。我以为，古典诗词的作用就正在于填补这一块空虚。也许，它的作用不是立竿见影马上就能看出来的，不像你买了一笔股票马上就知道赔赚了多少钱。但是，它可以使你终生受用不尽，并且关系着国家和民族未来的发展前途。

上一次我们讲了温庭筠的一首小词，我曾讲到，词当初只是在歌筵酒席之间写给歌女们去演唱的歌词，本无深意，在作者的显意识（consciousness）之中并没有"言志"的用心。可是就在这些男女相思相恋的内容之中，作者却于无意间把自己隐藏在内心深处的潜意识（subconsciousness）流露出来了，那才真正是一个人心灵的品质和感情，而不是在大庭广众之前的门面话。中国古人有句话说：观人于揖让，不若观人于游戏。一个人在大庭广众间揖让进退，当然要尽量表现出自己最美好的那一面；可是你再看他跟人家游戏的时候，比如说，刚赌输了两场马上就翻脸了，那才更见他的性格。而中国小词的微妙就在于表现了作者在游戏之间无意中流露出来的品质和感情。像我们上次所讲的画蛾眉时那种爱美和要眇的感情，像我上次说的兰生空谷，"不为无人而不芳"的那种品质，在小词中都是表现于意内言外的。由此，我们就要回到今天所要讲的这个题目——"兴于微言"与"知人论世"。

"兴于微言"这四个字是清代张惠言说的。张惠言在《词选序》中说："传曰：意内而言外谓之词。其缘情造端，兴于微言，以相感动。极命风谣里巷男女哀乐，以道贤人君子幽约怨悱不能自言之情。低徊要眇，以喻其致。"其实，这里面的第一句话说得不对。所谓"传曰"的意思就是古人说过。古人谁说过这个话呢？是许慎的《说文解字》。许慎用"意内而言外"来解释这个"词"字。可是，许慎是汉朝人，汉朝有唐五代的那种小词吗？没有的。许慎所说的那个"词"是"语词"的"词"，与小令的"词"并没有关系，张惠言是断章取义。如果是考试打分数的话，他这句话就是错误的。然而现在他是借用许慎的这句话来说明他自己的意思，所以还可以原谅他。张惠言的"意内而言外"是什么意思呢？这是说，外表上说了一件事，但里边还有更深一层的意思。他认为歌词的写作应该是"缘情造端，兴于微言，以相感动"。"缘"是因缘，"兴"是兴发引动的意思；就是以男女的爱悦之情为开始，用那些旖旎的、幽微的、婉约的语言来引发丰富的、多层次的联想，以此来使读者感动。"极命风谣里巷男女哀乐"是什么意思？是指民间的歌谣。像《诗经》里的《国风》就都是民间歌谣。“关关雎鸠，在河之洲。窈窕淑女，君子好逑”，“桃之夭夭，灼灼其华。之子于归，宜其室家”，那都是写男女的爱悦、婚姻的美好。总之，民谣中有不少是写市井里巷间少男少女们的爱情、哀乐和相思的。而这些内容写到极点就发生什么情况呢？就可以“以道贤人君子幽约怨悱不能自言之情”。“幽约”是最深幽的、最隐晦的；“怨悱”指内心有所追求和向往却又不能够得到的一种感情。这写男女爱情的小词发展到极点就可以表现出有理想、有志意、有才能的人们那一种幽约怨悱、连自己都无法说清楚的感情。所以才“低徊要眇，以喻其致”。“要眇”出自《楚辞·九歌》的“美要眇兮宜修”，《九歌》都是楚地的巫觋祭祀鬼神时所唱的歌，这句所形容的是一个美丽的女性神仙，王逸认为指的是舜的妃子娥皇。“要眇”是一种女性美，它不仅仅指外表的美，它指的是有诸中而形于外的那种内在和外在双重的美好。“以喻其致”的“致”字用得很好。他为什么不说“以喻其情”“以喻其思”，却说“以喻其致”？因为你也许并没有具体形成一种思想，并没有想“致君尧舜”什么的，你只是有一种内心活动的姿态、一种基本形态，而小词就在无意之中把这种形态表现出来了，这就是“兴于微言”。

由于张惠言强调的“兴于微言”，所以当他看到“懒起画蛾眉”啦，看到“照花前后镜”啦，就说它们都有屈原《离骚》之意。可是，另外一些人用“知人论世”的眼光来看小词，他们就觉得张惠言说得不对了。“知人论世”是孟子的话，原文是：“颂其诗，读其书，不知其人，可乎？是以论其世也。”（《孟子·万章下》）他说，你读一个人写的诗歌，读一个人写的书，但却不知道这个人的生平，不了解他所处的时代背景，那怎么可以呢？当1950年代和1960年代初西方的新批评（new criticism）盛行的时候，有些人认为讲知人论世，讲作者的生平和思想，那是错误的。因为一首诗是一个独立的作品，我们只能从诗歌本身的文本（text）——它的想象(image)、它的结构(structure)、它的神韵(texture)等来评论这首诗。至于诗人处在一个什么环境、他为什么写这首诗，这些因素与诗的好坏无关。当然了，从艺术的价值来说，这些因素可以说无关，但是从中国的传统看，诗的感发的生命总是和诗人自己的生命结合得非常密切的。而且，西方最近又有了比新批评更新的文学批评理论叫意识批评(criticism of consciousness)，说是你要真正了解一个作品，除了研究它在艺术上的各种表现之外，也要研究作者的意识(consciousness)，知道作者为什么会写出这样的作品。只有把这两者相结合，才能形成一个整体的生命。可见，中外有些地方本是可以相通的。我们刚才讲到，有的人认为张惠言的联想是不对的，温飞卿的词并没有屈原《离骚》那样的理想和志意，像清朝的文学批评家刘熙载在他的《艺概》里就说："温飞卿词精妙绝人，然类不出乎绮怨。""绮怨"，指女子相思离别的怨情。他说温飞卿的词果然是精美微妙，人所不能及，然而内容大致不外乎写女子相思离别的怨情，哪里有屈原那种忠君爱国的志意！王国维的《人间词话》则说："张皋文（惠言——编者注）谓飞卿之词'深美闳约'。余谓此四字惟冯正中足以当之。刘融斋（熙载——编者注）谓飞卿'精艳（当作妙——编者注）绝人'，差近之耳。"又说："固哉，皋文之为词也！飞卿《菩萨蛮》、永叔《蝶恋花》、子瞻《卜算子》，皆兴到之作，有何命意？皆被皋文深文罗织。”他说张惠言用他的比兴寄托织成一面大网，从文字的夹缝之中去推求，把那些并无深意的作品都收到他的罗网之内。

那么温庭筠到底有没有这样的寄托呢？现在就让我们来看一看温庭筠在历史上是怎样的一个人吧。《旧唐书·温庭筠传》说他“士行尘杂，不修边幅，能逐弦吹之音，为侧艳之词”。什么叫作“侧艳”？“侧”就是不正当的、不正经的；“艳”是香艳。从中国载道言志的诗文传统来看，写这种男女相思爱情的艳词是很不正当的。何况温庭筠的行为又浪漫不羁，不守礼法。他参加科举考试总是考不上，在科场里却老是替人家写诗文，当枪手。从传统的观点看他不过是个无行的文人，自然没有屈原那种忠君爱国的思想。然而今天我们也要看到温庭筠为人的另外一个方面，那就是他的性格浪漫，不受拘束，敢于大胆地抨击权贵。大家都知道，中晚唐以来宦官专权，藩镇跋扈，朝廷党争激烈。在唐文宗太和九年（835）的时候，发生了一起“甘露之变”。唐文宗是个希望有所作为的皇帝，他结合了一些大臣想要消灭宦官。这些大臣在宫中一个庭院里埋伏了甲士，然后声称这个庭院里的石榴树上出现了甘露，请皇帝前去观看。甘露出现是一种难得的祥瑞，大家自然要去看，而那些掌权的宦官总是紧跟在皇帝左右的，所以大臣们想了这个计策准备在这庭院里杀死那些宦官。不幸的是计划泄露了，为了报复，宦官杀死了朝廷中自宰相王涯以下的许多大臣。在这种政治迫害的危险气氛笼罩下，很多人都噤若寒蝉，闭口不敢说一句话，而温庭筠这个浪漫的诗人却写了《题丰安里王相林亭》两首五言律诗，表示了对被杀死的宰相王涯的同情，这是相当有胆量的。两年之后朝廷又发生了一件事情：在宦官与朝廷大臣们的权力斗争之中，太子被废而且“暴卒”——很可能是被害死的。于是温庭筠又写了《庄恪太子挽歌词》，表示了对那些当权派的批评。在这两次事变期间，温庭筠本来应该到长安去参加科举考试的，可是他没有去。后来他写了一首百韵的长诗《病中书怀呈友人》，诗前有一段序：“开成五年秋，以抱疾郊野，不得与乡计偕至王府，将议遐适。隆冬自伤，因书怀奉寄殿院徐侍御、察院陈李二侍御、回中苏端公、鄠县韦少府，兼呈袁郊、苗绅、李逸三友人一百韵。”（《全唐诗》作此题。有版本把序作题——编者注）中国的诗每两句押一个韵，所以一百韵就是两百句的长诗了。这是温庭筠写他自己怀抱的，是他的显意识的“言志”之作。他说因为我生病，所以不能到长安去参加考试了。可是接着又说“将议遐适”——计划到远方去，而他现在在哪里？就在长安城外的鄠杜之间，离长安是很近的。如果因病不能到长安又怎能到远方去呢？可见，“抱疾”不过是一个托词，他不是因病不能去参加考试，而是因为当时的政治环境不允许他去考试。这首书怀百韵很长，我们来不及讲，只举其中几句来说明他当时的心情。他说：“积毁方销骨，微瑕惧掩瑜。”当大家都说你不好的时候，尽管那是假的，是诽谤，可是却足以把你彻底地毁灭掉。所谓“积毁销骨，众口铄金”，当三个人都说曾参杀人时，连曾子的母亲都不免对自己的儿子起了疑心，这众口悠悠真是太可怕了！“瑕”字从“玉”，指美玉上的斑点。温庭筠好“逐弦吹之音，为侧艳之词”，生活上浪漫不羁，他说我恐怕就因为这些小的缺点，就把我所有美好的东西都遮掩了、否定了！由于时间的关系，我只举这两句作一个说明，大家有兴趣可以去看他这首长诗，这首诗整个都是写的这一份牢骚。

所以我个人以为，温庭筠是有才华的，但由于他生活浪漫而且喜欢抨击时政，因而为当道者所不容，终生仕宦不得意。所以他内心之中果然就隐藏着张惠言所说的那么一份“贤人君子幽约怨悱”之情，那是一种自己有理想、有志意，却又不能实现的哀怨。正由于他有这样一种潜意识，所以当他为那些美丽的歌女写歌词的时候，不知不觉地就把这一份寂寞的哀怨表达出来了。你们看，“懒起画蛾眉，弄妆梳洗迟”不就有这样一份哀怨吗？另外，温庭筠受的是中国旧传统的教育，毫无疑问对《诗经》《楚辞》非常熟悉，李商隐是他同时代的诗人，就更不用说了。那么他要写美女，不知不觉就用了“蛾眉”“画蛾眉”“懒起画蛾眉”这一类与传统暗合的词语。这是一个个 code，你一敲响这些 code，就会引起一连串的联想，这就是“兴于微言”。而刚才我们讲的温庭筠的历史那是“知人论世”。由此可见，“兴于微言”和“知人论世”这二者是可以互相结合的。

我说过，小词在中国文学里边是最奇妙的一种文学体式。为什么在晚唐五代之间战乱频仍的时候会出现这么好的小词？因为那时候一切对功名、事业、理想的追求都落空了，只剩下对爱和美的追求还保存在人们的心灵深处。于是，载道言志的传统就被冲开了一个决口。而由于当时社会的动乱，在对爱与美的追求之中就又结合了一份忧患意识。这种结合使小词的内容进一步丰富起来。

今天我们所讲的这个题目《从“兴于微言”与“知人论世”看温庭筠、韦庄二家词》是一个过渡的桥梁，正好从温庭筠过渡到韦庄。温庭筠的词引起联想的原因以"兴于微言"为主，韦庄的词引起联想的原因则以"知人论世"为主。张惠言所编的《词选》选了温庭筠的《菩萨蛮》，也选了韦庄的《菩萨蛮》。对温庭筠的《菩萨蛮》，他说那里边有屈原《离骚》的托意；对韦庄的五首《菩萨蛮》他说什么呢？他说这是韦庄"留蜀后寄意之作"。在讲温庭筠的时候，我们可以先不讲他的生平，先从他的"微言"——那些语言的符号讲起；而讲韦庄的时候我们就要走另一条路，要先讲他的生平了。由于这两家词引起联想的主要因素有所不同，所以我们讲的方式也就不同。现在我要简单地说一下韦庄的生平。

韦庄是唐朝初年的宰相韦见素的后人，家在杜陵，少年时孤贫力学，才敏过人。唐僖宗广明元年（880）他四十五岁的时候到长安去参加科举考试，可是正在这一年发生了黄巢之变——大家在中学都学过这一段历史。当时韦庄就陷于兵中，和他的弟妹也失散了。僖宗中和二年（882）他离开长安回到洛阳。中和三年（883）他四十八岁的时候在洛阳写了一首长诗叫作《秦妇吟》，描述了黄巢之变时长安的情况，其中有两句说："内库烧为锦绣灰，天街踏尽公卿骨。"在这首诗的结尾他说："适闻有客金陵至，见说江南风景异。"就在这一年他就到江南去了。僖宗光启二年（886），韦庄打算经安徽、河南北返，但由于道路阻绝，第二年又返回金陵。从此他一直流落在江南各地，一直到昭宗景福二年(893)才回到长安应试，并在第二年（乾宁元年［894］）五十九岁时考中进士，做了校书郎。昭宗乾宁四年（897），韦庄被李洵辟为判官，奉使入蜀，认识了王建。回到长安后又任过左补阙等官职。昭宗天复元年（901）他六十六岁的时候，西蜀王建聘请他去做掌书记，而在那之后不久唐昭宗就被朱温胁迫从长安迁都到洛阳。当朱温胁迁昭宗于洛阳的时候，在沿途就把皇帝左右的人都杀死了，最后把昭宗也杀死了，立了一个傀儡小皇帝，历史上称为昭宣帝。再以后，朱温就篡唐自立，改国号为梁，从此唐王朝就灭亡了。朱温篡唐之后宣谕各地，要求各地节度使归附于他。当时韦庄就替西川节度使王建拟了一封信回答朱温的宣谕，说是我们“两川锐旅”要“誓雪国耻”。就在这时，韦庄就劝王建自立为帝，这就是“五代十国”中的“前蜀”。韦庄就成了前蜀的开国宰相。这时候，他已经七十二岁了。王建对韦庄十分信任，前蜀的开国制度都是由韦庄拟定的。这以后又过了三年，韦庄七十五岁死于成都。

我们已经大略知道了韦庄的生平，现在就来看他这五首《菩萨蛮》词。《菩萨蛮》在晚唐是一个非常流行的乐曲牌调。温庭筠的集子里也收了一组十四首《菩萨蛮》歌词，但那十四首歌词前后之间没有什么必然的联系。韦庄这五首则不然，它们有一定的前后次序，绝对不能够颠倒。有的选本任意从里边选出两三首来，这种做法是不对的。韦庄的五首《菩萨蛮》词和杜甫的八首《秋兴》诗一样，是一个整体，就如同一个人有头、目、手、足、四肢一样，你只拿出他的一条手臂来那是不可以的。所以我们一定要把这首词通读一遍，先得到一个整体的印象。下面我来读这五首词：

红楼别夜堪惆怅，香灯半卷流苏帐。残月出门时，美人和泪辞。　琵琶金翠羽，弦上黄莺语。劝我早归家，绿窗人似花。

人人尽说江南好，游人只合江南老。春水碧于天，画船听雨眠。　垆边人似月，皓腕凝霜雪。未老莫还乡，还乡须断肠。

如今却忆江南乐，当时年少春衫薄。骑马倚斜桥，满楼红袖招。　翠屏金屈曲，醉入花丛宿。此度见花枝，白头誓不归。

劝君今夜须沉醉，樽前莫话明朝事。珍重主人心，酒深情亦深。　须愁春漏短，莫诉金杯满。遇酒且呵呵，人生能几何。

洛阳城里春光好，洛阳才子他乡老。柳暗魏王堤，此时心转迷。　桃花春水绿，水上鸳鸯浴。凝恨对残晖，忆君君不知。

多么美的五首词！我刚才说了，晚唐五代小词之所以好，之所以能够给我们比诗歌更丰富、更自由的联想，之所以有那么深刻的意思可以追寻，是因为它把宇宙之间最美好的东西——对爱和美的追求，跟忧患的意识结合起来了。韦庄的词、南唐二主的词、冯延巳的词都是如此。而北宋初年晏殊、欧阳修他们的词之所以好，是因为他们把那种对于爱和美的追求同贤人君子的品行修养结合在一起了。小词的微妙在于：在它发生和发展的过程中，下手去写的作者们都是些出将入相的人物。有的人可能就要问，不是诗穷而后工吗？为什么这些优秀的词人都是出将入相的人物呢？这并不是势利眼。因为一个在国家中处于如此重要地位的人，他就无法不关心自己国家的命运，这是非常重要的一点。我讲诗词时最注重的是诗词之中感发的生命，这感发的生命在质量上有大小、厚薄、深浅、广狭的区别。你所关心的范围越广，你关心得越深，你的作品中感发的生命也就越丰富、越强烈。这是必然如此的，诗歌绝不会欺骗人。韦庄、冯延巳，以他们那样的地位，对国家绝不能够无所关心。这是第一个层次。

从另外一角度来看，温飞卿的词写一个女孩子起床、梳妆、簪花、照镜，都是客观的描写。因为温飞卿不是一个女子，这不是写他自己；而韦庄的词是主观的抒情，他自己真的站出来，写自己怀念的一个女子。因为在乱离之中他果然曾经与自己所爱的一个女子分别了，而且他把他在爱情上的挫折和对国破家亡的悲哀结合了起来。——我想因为时间的关系，从现在起我要讲得快一点儿。

在这五首词中，第一首是一个开端，与另外四首相比较，在内容上还没有发散出很深刻的情意。这就像是埋藏了一粒种子，要讲到最后一首再返回来，你才知道他这五首是连成一气的。“红楼”，是何等美丽的地点；夜晚，是何等美丽的时间。古人说：“春宵苦短日高起，从此君王不早朝!”（白居易《长恨歌》）如果是夜晚，如果在红楼，这对两个相爱的人来说该是何等珍贵的良宵！但悲哀的是，这不是春夜的良宵，而是离别的前夕，是“别夜”。所以他说“红楼别夜堪惆怅”。中国古人点油灯，女子闺房之中的油灯往往在油里添加一些香料，就像西方圣诞节那种香烛，一点起来，芳香四溢，所以叫作“香灯”。“流苏帐”是垂着长长穗子的美丽床帐。这本来是一个多么美好的环境！然而这“流苏帐”是“半卷”起来的，说明他们两个人并没有安睡。第二天破晓，西天上尚有一弯残月，赶路的人就要出发了。为什么这么早？温庭筠说过，“鸡声茅店月，人迹板桥霜”（《商山早行》），古时行路的人总是要争取时间早些出发的，所以是“残月出门时，美人和泪辞”。上次我说过诗歌有多义性，这里的“美人和泪辞”也可以作三种理解：一是美人带着眼泪跟我告辞；二是我带着眼泪跟美人告辞；三是美人和我，我们两个人都带着眼泪互相告辞。这三种理解可以并存，不会发生矛盾。在临别的时候，美人弹了一曲琵琶。“金翠羽”是琵琶上的装饰物。那美丽的琵琶，从弦上弹出的声音就像黄莺鸟婉转的啼叫。然而接着下文，这“黄莺语”还有第二层意思，就是美人对我的叮咛嘱咐，她“劝我早归家，绿窗人似花”。崔莺莺送张君瑞的时候说：“若见了那异乡花草，再休似此处栖迟。”为什么要“早归家”？因为在这绿纱窗下还有一个像花一样美丽的人在等着你。花是早开易落的，美人也是如此。元曲里有一句说是“欢欢喜喜盼的他回来，凄凄凉凉老了人也”。人很容易就会憔悴、衰老的，所以离人更应该早一些回来，那么离人到哪里去了呢？韦庄在洛阳所作《秦妇吟》的结尾说：“适闻有客金陵至，见说江南风景异。”他是听说江南的风景好，所以到江南去了。

下面我们就看第二首。我们欣赏不同的词人、不同的风格，要从不同的角度，用不同的方式。温飞卿的词打动我们的是他的 code——他的语码；韦庄的词打动我们的是他的 syntax——他的句法、句式和他的口吻。他说话的口吻都是直接的、有力量的，而他深刻的意思就在这种语法之中反衬了出来。“人人尽说江南好”，这话说得多么明白真切，多么率直，多么有力量！可是他委曲的深意是什么？是我作为一个游人、一个客子，我并没有以为江南好。何以见得呢？

因为他在后面第三首中说“如今却忆江南乐”，可见他身在江南的时候并不以江南为乐。“游人只合江南老”，这是别人劝他的话，说既然人人都说江南好，那么你就应该在江南终老，不要回故乡去了。“合”是个入声字，所以我读 hè，就是应该的意思。可是王粲的《登楼赋》说：“人情同于怀土兮，岂穷达而异心？”中国人是特别重视故乡的，常说是狐死首丘，人要落叶归根。如果居然劝一个外乡人不要回故乡去了，那是为什么？那必然是在他的故乡发生了可怕的事情。唐朝的首都在长安，韦庄的故乡在杜陵，那里现在是什么样子？是“内库烧为锦绣灰，天街踏尽公卿骨”！而江南又是多么美丽的山水之乡，春天的水比碧蓝的天空还要蓝，你高卧在画船之中，听着春雨敲打在船篷上的声音，那是多么浪漫，多么悠闲自在，多么有诗意！但是你说，风景好也不成，生活好也不成，在我家乡的绿窗下还有一个美人等着我呢！于是劝的人就说了，你的故乡虽有美人，但我们江南的美人更美，是“垆边人似月，皓腕凝霜雪”。“垆”是古时酒店里摆放酒瓮的土台子。什么是“人似月”呢？我们有时候形容一个美丽的女子说：她一进来，就好像有一道光照亮了房间。《夜半歌声》的歌词说：“你是天上的月，我是月边的寒星。”把女子比喻成皎洁的明月，说明她一定是十分美丽的。当这个美丽的酒家女给客人斟酒的时候，就露出了她的“皓腕”，那手腕就像霜雪一样洁白。江南有这么好的风景，有这么浪漫的生活，有这么美丽的女子，你现在又是这么年轻，你就应该留在江南，享受这太平安乐的日子。可是下句又提起了“还乡”：“未老莫还乡，还乡须断肠。”前边描写了那么多江南之好，原来故乡之思却时刻未忘——现在的不能还乡是无可奈何的，将来到了终老之日我还是必定要回到故乡去！

下面我们看第三首。“如今却忆江南乐”：当年人家都说江南好，可我并没有觉得江南好；当我经过了更多的乱离，离家乡更遥远的时候，现在回想起来，才觉得在江南的那些日子毕竟是不错的。因为我如今的生活和如今的心情都远不如当年在江南的时候了。韦庄晚年入蜀，已经是七十岁的老人了，而他在江南时只有四十来岁，比较起来是年轻的，所以说“当时年少春衫薄”。生活上再好再坏总有可能改变，年华一去可就永远不会回来了。“春衫薄”，代表着多少美好的生活和美好的年华！李商隐的诗说：“庾郎年最少，青草妒春袍。”《论语》上说：“莫春者，春服既成。”所谓“春衫”“春袍”“春服”，那是说，春天到了，把冬天穿的那一身灰暗、笨重的衣服脱下来，换上颜色明亮、质料轻快的衣衫，显得多么风流潇洒！而且何止如此，当年在江南他还有着美好的遇合——“骑马倚斜桥，满楼红袖招”。什么叫“斜桥”？因为桥都是弯拱的形状，有一些坡度，所以是“斜桥”。在女子的眼里，男子一方面要浪漫，另一方面还要英武。白居易的诗说：“妾弄青梅倚短墙，君骑白马傍垂杨。墙头马上遥相顾，一见知君即断肠。”（《井底引银瓶》）所谓“侧艳之词”，就不会那么严肃，那么循规蹈矩，就难免要表现一些浪漫风流。他说我骑着白马往桥上一站，既风流又英武，楼上那么多美女都对我目成心许，伸出红袖向我招手！还不只如此。下面他说：“翠屏金屈曲，醉入花丛宿。”“屈曲”是屏风折叠处一个金属的环纽，北方叫作“门屈戌儿”。“翠屏金屈曲”写女子住处之美。至于“花丛”，则史湘云醉眠芍药裀，那是写女子在花丛之中睡眠，而这里的“花丛”一方面可能真的有花丛，一方面是用来象征女子。试想，那满楼的红袖，岂不就是“花丛”？然而一定要清楚地知道，刚才那两句写的是过去；现在这两句是过渡，从过去来到了现在。当年我在江南的时候有满楼的红袖招，而今天我在蜀中也有人约我醉入花丛宿。这一次如果我再遇到那些如花的女子对我目成心许，我就“白头誓不归”——发誓永远也不回家乡去了！韦庄词的妙处乃是“似直而纡，似达而郁”，这是清朝陈廷焯在《白雨斋词话》中对他的评语。就是说，韦庄的词看起来好像直率，其实很委婉、曲折；看起来好像通达，其实很沉郁。“此度见花枝，白头誓不归”——温庭筠绝不这样直接地写自己的主观感情，只有韦庄才有这么直接、这么坚决的口吻。但这真的是他所想说的吗？你们不要忘记，这五首词是前后相连的一个整体，必须常常回过头来看看他在前边是怎样说的。他刚才说“未老莫还乡”，现在却说“白头誓不归”。为什么“誓不归”？因为他已经无家可归了，唐朝的天下已经被朱温篡夺了，他的故乡已经沦入贼手了。人悲伤到极点时往往故作决绝之语。“白头誓不归”，说得如此直接和强劲，却有着深隐曲折的、与此相反的感情。这就是韦庄的“似直而纡，似达而郁”。

现在我们看第四首。请大家注意他的句法：“劝君今夜须沉醉，樽前莫话明朝事”；“须愁春漏短，莫诉金杯满”。总共四十四个字的一首小词，只有八句，其中却有四句在句法上是重复的。所以有很多人的选本把这五首词割裂，不选这一首。这种做法完全错误。要知道，这是画龙点睛的一首，怎么可以删掉！陆放翁的《钗头凤》说：“山盟虽在，锦书难托。莫！莫！莫！”而他内心中是多么想给他以前的妻子写信！这首词前半阕一个“须”，一个“莫”；后半阕又一个“须”，又一个“莫”。这重复之中就藏着许许多多不可解脱的痛苦。“劝君今夜须沉醉，樽前莫话明朝事”，这是“主人”劝酒时说的话。谁是“主人”呢？张惠言曾说这五首《菩萨蛮》是韦庄“留蜀后寄意之作”，那么这“主人”自然是蜀地的主人王建了。中国的读书人从小就想“致君尧舜”，施展自己政治上的抱负。韦庄五十九岁才考上进士，来到蜀地之后已是人生的暮年，王建居然请他做宰相，请他帮助拟定开国的制度，对他不可谓不重视。人在一生中能有几次这样的机会？所以在今晚这个宴会上，既然有美酒斟给你，你应该痛饮一醉，不要考虑明天早晨的事情。现在同学们理想都很远大，可以考虑将来十年、二十年、三十年以后我会如何如何，可是当一个人连明天早晨的事情都不敢想的时候，那该是何等悲哀痛苦的一种心情！“珍重主人心，酒深情亦深”——王建这个主人这样信任你，把一切都交托在你的手里，他对你的情意就像他斟给你的这杯酒一样深，一样厚。“须愁春漏短，莫诉金杯满”，这是客人被主人的深情感动之余也觉得应当珍重这个易逝的良宵，自己对自己进行自我宽慰。他说你不要推辞这酒，嫌给你斟得太满了，要知道，“人生七十古来稀”，你的光阴已经不多了，难道你还能再等几十年去盼望唐朝的恢复吗？这两句中带有一种非常沉痛、悲哀的感觉。韦庄做了前蜀的开国宰相，为前蜀拟定了开国的制度，然而这一切并不是他原来的理想。他的故国已经灭亡了，他对挽救他的故国无能为力，只能是“遇酒且呵呵，人生能几何”。我年轻的时候对韦庄的词最不喜欢这一首，而且最不喜欢这两句。我认为“遇酒且呵呵”这句子写得太失败了，一点儿都不美。你看人家“小山重叠金明灭”写得多美！可是在经过了那么多的人生悲欢离合之后，现在我才知道韦庄是对的。“呵呵”是什么？是空洞的笑声。这笑声中透露了内心的寂寞、绝望和悲凉。面前有酒杯就应该珍惜这暂时的欢乐，因为“人生能几何”——你已经没有什么可以希望可以等待的了。

韦庄这一路写下来，写到最后的一首，就又打回到第一首去了。现在我们就来看他这最后一首。我曾提到韦庄在洛阳的时候写过一首长诗叫《秦妇吟》，那首诗的开头两句说：“中和癸卯春三月，洛阳城外花如雪。”“中和”是唐僖宗的年号，那正是黄巢之变的时候；而阳春三月却是一个美好的季节。洛阳这个城市自古就是以花著名的，李白诗就曾说：“天津三月时，千门桃与李。”（《古风》其十八）而花木之盛也可反衬人世之可悲，杜甫说：“国破山河在，城春草木深。”写花的美、草木的茂盛，是为了反衬人事的悲哀。韦庄的《秦妇吟》当时流传众口，他因此被称为“《秦妇吟》秀才”。开端写的就是“中和癸卯春三月，洛阳城外花如雪”。现在他说“洛阳城里春光好，洛阳才子他乡老”——洛阳城现在应该还是像从前一样美丽，但是当年在洛阳写诗的才子如今却要终老在四川了。什么是“魏王堤”？“魏王堤”是洛阳城外的一个河堤，堤上都是柳树。白居易有《魏王堤》诗说：“花寒懒发鸟慵啼，信马闲行到日西。何处未春先有思？柳条无力魏王堤。”可见，魏王堤的柳树是有名的。“柳暗魏王堤，此时心转迷”是说，柳条柳叶长得很繁密，因此柳荫很浓重；但是每当我看到春花开、春柳绿的时候，就引起了我多少怅惘凄迷，多少悲伤哀怨，多少对故国的怀思！成都的春天难道不美吗？不是的，成都的春天也很美，但那就是“风景不殊，举目有山河之异”了。我以为，这前半首是他写对洛阳的怀念，而下半首就是写眼前成都的春光了。在韦庄之前，杜甫也在成都住过很久。“野日荒荒白，春流泯泯清”（《漫成二首》），“桃花一簇开无主，可爱深红爱浅红”（《江畔独步寻花七绝句》），这都是杜甫对成都春天的描写。杜甫还说，“泥融飞燕子，沙暖睡鸳鸯”（《绝句二首》），可见那时候成都有很多鸳鸯。然而，“桃花春水绿，水上鸳鸯浴”，仅仅是韦庄眼前的春光吗？不要忘记我们中国的传统啊。温庭筠说“新贴绣罗襦，双双金鹧鸪”——人家都是成双作对的，都有美好的遇合。台湾民歌说“阿里山的姑娘美如水，阿里山的少年壮如山”，然后是“溪水长绕着青山转”。那意思是：两个美好的东西就不应该分开。是不是？这美好的东西不仅指男女之间的感情。

“水上鸳鸯浴”也有这个意思：鸳鸯是成双作对的，而我韦庄也有自己的故国和朝廷，但是我却永远也不能回去，永远成了背井离乡之人了。杜甫晚年说“此身那老蜀，不死会归秦”（《奉送严公入朝十韵》），可是他到底没有能回到长安。韦庄也没有能再回到长安，他们都老死在异乡了。“桃花春水绿，水上鸳鸯浴”，那是一种非常美好的遇合，也是韦庄的美丽的故国，而韦庄永远也不会有那种美好的遇合了。下边他说：“凝恨对残晖，忆君君不知。”“凝恨”是凝聚了很深的幽恨，就像秦少游的词“砌成此恨无重数”的“砌”一样，用字很有分量。我曾经说，对韦庄的这五首词，我们主要从“知人论世”看他的经历和时代背景，还要看他句法的口吻。然而韦庄的词也不是绝对没有一个符号学里所说的语码，现在出现的这个“残晖”就是一个语码。中国古代把太阳比作朝廷或君主，而“斜阳”“残晖”“斜晖”就代表着国家的衰落和败亡。例如辛弃疾就说：“休去倚危栏，斜阳正在，烟柳断肠处。”（《摸鱼儿》“更能消”）那是指宋的衰落，而这里是指唐的灭亡。最后一句“忆君君不知”一下子就打回到第一首的“红楼别夜”。那似花的美人曾“劝我早归家”，而我竟永远也不能回去了。现在我说我怀念你，又有什么用处呢？我能用什么行动来证明我对你的怀念呢？我有什么办法让你知道我对你的怀念呢？这个“君”也是一个语码，因为“君”可以指他怀念的那个美人，也可以指君主。所以你们看，韦庄的词写的是男女相思离别的感情，可是也有这么深厚的意韵。读韦庄的词，我们可以联系他的生平和历史背景，通过“知人论世”来引起联想，追寻和欣赏它的深意。

安易、杨爱娣整理